Erotische overheersing en onderwerping Deel 9

Erika Sanders
serie

Overheersing en erotische onderwerping

samenvatting

Is een compilatie van sterke romans Erotische BDSM-inhoud behorende tot de collectie Domination and erotic submission, een reeks romans met een hoog romantisch en erotisch BDSM-gehalte.

Deze compilatie bevat de romans:
- BDSM vrouw.
- BDSM schrijfster.
- BDSM bibliothecaris.

(Alle personages zijn 18 jaar of ouder)

Opmerking van de uitgever:

Erika Sanders is een internationaal bekende schrijfster, vertaald in meer dan twintig talen, die haar meest erotische geschriften, ver van haar gebruikelijke proza, signeert met haar meisjesnaam.

Inhoudsopgave:

BDSM VROUW
VAN
ERIKA SANDERS

EERSTE DEEL:
20 jaar huwelijk

HOOFDSTUK 1

Het was weer een nacht met saaie seks.

Maar geen van hen klaagde.

Na twintig jaar huwelijk was seks routineuzer geworden dan wat dan ook.

Rachel ging terug naar bed nadat ze zich tussen haar benen had gewassen.

Ze deed het licht uit, ging onder de dekens zitten en ging naast haar man liggen.

'Dat was leuk', zei hij.

"Ja," antwoordde Roger. 'Een beetje beter sinds de jongens die naar de universiteit gingen, toch?'

Ze gaf hem een por met haar elleboog.

'Wat een vreselijk iets zeg je.'

'Maar je moet toegeven dat het maar goed is dat we het niet langer stil hoeven te houden. En we kunnen de deur open laten.'

Rachel dacht even na.

'Ik denk het wel. Maar ik mis haar nog steeds zo erg.'

"Ik ook."

Ze sloot haar ogen.

"Goede nacht."

"Welterusten, lieverd," antwoordde hij en kuste haar voorhoofd.

HOOFDSTUK 2

De volgende dag was een typische werkdag voor Rachel.

Ze was accountant bij een middelgroot accountantskantoor.

Met de recente economische groei in de binnenstad had hij veel werk te doen voor nieuwe klanten.

Tijdens de lunch at ze met dezelfde groep vrouwen die ze de afgelopen jaren had gegeten.

Ze spraken over hun gebruikelijke onderwerpen: roddels, entertainmentnieuws, familie, hun kinderen, nieuwe recepten, enz.

Ze waren allemaal beste vrienden en genoten altijd van elkaars gezelschap.

Het was bijna zes uur 's middags toen Rachel thuiskwam.

Rogers auto stond al op de oprit.

Toen hij het huis binnenkwam, was het bijzonder stil.

Roger zei altijd snel "hallo".

Ze belde hem, maar kreeg geen antwoord.

Toen Rachel de keuken binnenliep, sloeg een paar armen van achteren om haar heen.

Zijn handen raakten wellustig zijn borst.

Ze schreeuwde het hardop.

"Het is oke!" zei hij en liet haar los. "Ik ben het! Ik ben het!"

Hij draaide zich snel om en zag een verbijsterde blik op Rogers gezicht.

Hij had duidelijk niet verwacht dat zijn vrouw zo zou reageren.

"God! Roger! Maak me nooit meer zo bang!"

"Ik wilde je verrassen".

'Hoe was dat een verrassing?' ze was boos. 'Je maakte me bang bij daglicht. Ik dacht dat ze me aanvielen!'

'Sorry. Ik probeerde gewoon romantisch te zijn.'

'Er is niets romantisch aan zo aangeraakt te worden.'

'Sorry. Ik zal het niet nog een keer doen.'

Rachel nam even de tijd om te kalmeren.

'Het was niet mijn bedoeling om zo boos te worden. Het is gewoon, alsjeblieft, een beetje meer rekening te houden met je verrassingen, oké?'

'We hebben nooit meer plezier. Is het je opgevallen?'

"Alsjeblieft Roger, daar heb ik nu geen zin in."

"Oké," beaamde hij verslagen.

Rachel draaide zich om en ging naar de slaapkamer om zich om te kleden.

Hij ging op het bed zitten en zuchtte.

HOOFDSTUK 3

De volgende dag.

Rachel zat achter de computer haar boekhoudkundige werk te doen.

Zijn telefoon ging.

Het was haar man.

Ze nam het telefoontje aan en toen Roger haar vertelde dat het belangrijk was, zei ze dat ze even moest wachten terwijl ze naar buiten ging voor meer privacy.

Hij vroeg zich af waar het telefoontje over ging.

Roger belde zelden terwijl ze aan het werk was.

Hij dacht dat het niet kon zijn vanwege hun ruzie gisteren, want hij had het die avond al gerepareerd.

"Ja?" Zei hij als hij buiten was, weg van het andere personeel.

'Laten we volgende week op reis gaan,' antwoordde hij bot. 'Er is een rustige plek waar we naar de kust kunnen gaan.'

"Ik kan het echt niet. Het is momenteel erg druk met mijn werk."

'De mijne is ook zo. Maar we kunnen een gat maken. We kunnen aanstaande vrijdag gaan en in het weekend blijven. Neem gewoon een dag vrij van het werk.'

'Maar dat hoeft niet,' antwoordde ze, in een poging met hem in discussie te gaan. 'Ik ben niet boos op je. Hebben we dat gisteravond niet uitgezocht?'

'Het gaat niet over gisteren. Het gaat over ons huwelijk.'

Rachel schrok van die woorden.

Hij was er altijd van uitgegaan dat hun huwelijk sterk was en dat ze Roger alles gaf wat hij ooit in een vrouw wilde hebben.

'Zit ons huwelijk in de problemen?' Zij vroeg.

'Praat niet zo. Maar er is een manier om ons huwelijk ... beter te maken ...'

Een ander signaal liep over zijn rug.

"Waar gaat deze reis over?"

"Ik denk dat er iemand is die ons kan helpen."

'Een huwelijksadviseur?' vroeg ze verrast.

Hij stopte even.

'Ja. Zoiets. Een huwelijksadviseur.'

'We zijn toch niet zo slecht? Ik dacht ... ik dacht ...'

Rachels stem werd verstikkend en haar ogen tranen.

'We doen niets verkeerds,' antwoordde hij, in een poging haar te kalmeren. 'Maar ik denk dat we ons kunnen verbeteren. Daar heb ik al een tijdje over nagedacht.'

'Goed. Als je denkt dat het het beste is.'

'Bedankt lieverd. Het spijt me dat ik je op het werk belde. Het is een last-minute-ding. Ze had een last-minute baan op haar schema en daar wilde ze van profiteren.'

Rachel trok een wenkbrauw op.

'Jij? Is de adviseur een vrouw?'

"Ja."

'Wat weet je over deze persoon? Waarom moeten we zo ver voor hem reizen?'

'Ik zal het later uitleggen. Maar ze heeft een unieke reputatie. En ik denk dat ze wonderen voor ons zal doen.'

'Als je dat wilt, is dat prima.'

'Ik ben blij dat je daarvoor openstaat. We zullen vanavond de details bespreken.'

"Oké doei."

"Vaarwel."

Het gesprek werd beëindigd en Rachel was stomverbaasd met haar telefoon in de hand.

Er was een bom op haar gevallen, maar ze besefte dat ze alles zou doen om haar huwelijk sterk te houden.

HOOFDSTUK 4

Een paar dagen later.

Rachel stond in de kamer en vouwde de kleren op voor de volgende reis.

Ze wist dat het warm weer zou worden, dus pakte ze de T-shirts, korte broeken, sandalen en zwemkleding in die Roger voor haar moest meenemen, omdat ze dicht bij het strand zouden zijn.

Ze wilde niet weggaan, niet alleen omdat het idee haar duizenden dollars zou kosten, maar ook omdat ze veel tijd op haar werk moest doorbrengen, en die verspilde dag zou een dag worden om in te halen.

Maar als dit het beste was voor zijn huwelijk, dan wilde hij er geen ruzie over maken.

Wat hem het meest stoorde, was dat Roger ongewoon kort en vaag was over huwelijkstherapie.

In al hun huwelijksjaren stonden ze altijd voor alles open.

Er waren nooit geheimen geweest.

Er was nooit een leugen.

Daarom was hun huwelijk zo succesvol.

Tot nu...

Hij vroeg zich lange tijd af waarom Roger een adviseur wilde zien.

Wat gebeurt er met ons huwelijk?

Ik dacht dat alles in orde was.

Ik vond alles perfect tussen ons.

Is het seks

Ik ben niet goed genoeg meer

Wil je iemand anders?

Heeft hij een affaire ?!

De koffer was bijna vol.

Het enige dat nog moest passen, was het badpak.

Er zat een oud stel in haar kast.

Die ze al jaren niet meer had gebruikt.

Hij kleedde zich uit voor de spiegel.

Ze keek naar zijn naakte lichaam.

De lichte lijntjes op zijn gezicht waren groter geworden.

Haar voorheen zeer parmantige borsten begonnen door te zakken.

Zijn heupen werden dikker ondanks de aërobe oefening.

De waarheid is dat het geen wonder is dat Roger een adviseur wil zien.

Ze trok haar badpak aan en poseerde ermee voor de spiegel.

Je zal het leuk vinden.

Op dat moment verliet Roger zijn thuiskantoor en benaderde Rachel met een frons.

"Wat gebeurt er?" vroeg ze, nog in haar badpak.

'Ik heb net met mijn baas aan de telefoon gesproken. Een van onze klanten heeft net een rechtszaak van meerdere miljoenen ontvangen. Ik kan deze reis niet meer maken.'

Ze keek hem in de ogen en wist dat Roger de waarheid sprak.

Er kwam een sprankje hoop in Rachels gedachten.

Ik was blij dat de reis waarschijnlijk was geannuleerd.

'Het is heel erg', antwoordde ze. 'Betekent dit dat de reis wordt geannuleerd?'

'Het heeft geen zin om de hele reis te annuleren, want ik heb al betaald voor de vluchten en het overleg. Je moet alleen gaan.'

Ze was verrast.

'Moet ik alleen een huwelijksadviseur zien? Wat heeft het voor zin?'

De zucht.

'Rachel, ik hou zoveel van je. Ik hou meer van je dan van wat dan ook. Jij bent de liefde van mijn leven.'

'O god, je hebt een verhouding. Is het niet? Er is toch iemand anders?'

'Nee, dat is niet zo', zei hij nadrukkelijk. 'Ik zou je nooit bedriegen. Ik heb het nooit gedaan en ik zal het ook nooit doen.'

'Dus wat is er aan de hand? Je bent de afgelopen dagen erg ongrijpbaar geweest op deze reis. Je bent nog nooit zo terughoudend geweest.'

Hij zuchtte weer en schudde zijn hoofd.

'Het spijt me. Ik was niet helemaal eerlijk tegen je. Ik denk dat ik niet zo moedig ben als ik dacht.'

"Vertel me wat is het?"

"Vertrouw je me?"

'Natuurlijk wel. Als je een verhouding hebt, vertel het me dan gewoon. We kunnen het uitzoeken.'

'Ik heb geen verhouding, Rachel. Maar ik denk dat er veranderingen in ons huwelijk moeten komen.'

"Ben ik niet meer goed genoeg?" Zij vroeg.

'Zeg dat nou niet meer. Je bent mijn vrouw. Ik hou meer van je dan van wat dan ook.'

'Waarom ben je dan niet eerlijk tegen me?' verplicht.

Hij schudde zijn hoofd.

'Ik probeer eerlijk te zijn. Maar ik kan het niet. Het is niet gemakkelijk. Vertrouw me, ik wou dat alles gemakkelijk was.'

'Ik begrijp je niet meer, Roger.'

Een droefheid verscheen op zijn gezicht.

'Kun je me beloven dat je nog steeds gaat? Ik weet dat het moeilijk is om zo te gaan, maar ik zou niet vragen of ik niet dacht dat het ons huwelijk zou kunnen redden.'

'Denk je dat ons huwelijk moet worden gered?' vroeg ze met tranen in haar ogen.

'Maak dit alsjeblieft niet moeilijker, Rachel. Kun je me beloven dat je alleen gaat? Ik wil dat je de counselor ontmoet en hoort wat ze te zeggen heeft. Luister gewoon, en als het je niet bevalt, kom dan langs Thuis. Alsjeblieft, ik smeek je ".

De tranen liepen al over haar wangen.

Rachel verslikte zich in hen en kon nauwelijks praten.

Toen sloeg ze haar armen om haar man heen en omhelsde hem stevig.

Hij zou zijn huwelijk niet verliezen, dus het maakte niet uit wat het kostte.

TWEEDE DEEL:
Lady Samantha en vrouw

HOOFDSTUK 5

Rachel zag een goedgeklede man nadat ze met haar bagage de luchthaventerminal had verlaten.

De man hield een bord met zijn naam erop.

Ze spraken en bevestigden de identiteit van beiden.

Ze stapte ongeveer dertig minuten in haar luxe auto voordat ze hun bestemming bereikten.

Ze hoopte bij een kantoorgebouw te komen.

Maar hij was verrast om te zien dat het doelwit eigenlijk een groot huis bij het strand was dat meer op een landhuis leek.

De eigenaar van de plaats was een zeer rijk persoon.

En de eigenaar was beslist geen gewone huwelijksadviseur.

De auto stopte op de oprit.

De chauffeur ging naar de kofferbak om de bagage te halen.

Op dat moment ging de voordeur van de strandvilla open en verscheen er een lange, statige vrouw.

Ze zag er prachtig uit, halverwege de dertig, met lang golvend haar en een voorbeeldig lichaam.

'Jij moet Rachel zijn,' lachte de vrouw. 'Ik heb geweldige dingen over je gehoord.'

"Ik ben en jij?"

'Samantha. Welkom in mijn huis.'

De twee vrouwen schudden elkaar hartelijk de hand.

'Wat een prachtige plek. Zoiets had ik zeker niet verwacht.'

'De meeste mensen niet. Het is jammer dat uw man niet kon komen.'

'Kent u mijn man?' Rachel vroeg.

'Ik reis veel met mijn vader voor zaken en heb je man verschillende keren gezien. Maar daar kunnen we later meer over praten. Ik weet zeker dat je uitgeput bent. Ik zal je eerst je kamer laten zien.'

Samantha leidde Rachel, vergezeld van de chauffeur, de trap van het landhuis op naar de logeerkamer.

De chauffeur zette de bagage in de slaapkamer en vertrok toen.

Rachel was in een constante staat van verwondering toen ze naar de villa keek.

Hij kon er niet achter komen hoeveel het allemaal waard zou zijn.

'Ik laat je douchen en rusten,' zei Samantha. 'De handdoeken liggen in dezelfde badkamer. Kom rond zes uur' s middags naar het strand. We kunnen samen naar de zonsondergang kijken en vers fruitsap drinken. '

"Dat klinkt heerlijk".

Samantha glimlachte.

"Tot ziens".

HOOFDSTUK 6

Rachel nam een koude douche en ontspande zich.

De logeerkamer in het huis was beter dan elke kamer in een luxehotel waarin hij ooit had verbleven.

Alles was pure luxe en klasse.

Hij vroeg zich af wat Roger had gepland.

***

Zes uur kwam en Rachel kwam de trap af, nonchalant gekleed voor het warme weer waarin ze zaten.

Hij ging naar het strand en vond het uitzicht prachtig.

Hij was vergeten hoe mooi de zee kon zijn, vooral tijdens een zonsondergang.

Hij zag Samantha daar staan en het uitzicht op de oceaan bewonderen.

'Je bent zo blij om hier elke dag van te genieten,' zei Rachel.

"Inderdaad."

'Dus wat doe je hier precies?'

'Wat heeft Roger je verteld?'

'Helaas niet veel. Alleen dat je een soort huwelijksadviseur bent. Maar het lijkt erop dat ik niet meer helemaal zeker weet of dat het geval is.'

"Ik doe verschillende dingen," antwoordde Samantha. "Ik doe wat onroerend goed en baanontwikkelingen namens mijn vader. Maar ik doe ook gunsten aan mensen. Gunsten die ik met veel plezier aanbied."

"Hoe? Huwelijkstherapie?"

Samantha glimlachte liefdevol.

'Dat kun je ook zeggen.'

'Waarom is iedereen zo lui? Is er een geheim dat ik niet mag weten?'

'Als je de waarheid wilt weten, ik heb in de loop der jaren veel stellen geholpen. Ik geef niet om geld. Ik doe het voor mijn plezier. Ik help graag.'

'En hoe help je deze stellen precies?' Rachel vroeg.

"Hoe denk je? Wat is de basis van een goede relatie?"

'Liefs,' antwoordde Rachel.

"Seks," knipoogde Samantha. "Ik help stellen om seks voor hen te laten werken."

Rachel was diep geschokt, maar ze liet haar gezicht niet zien.

Ze was verrast dat haar liefhebbende echtgenoot van twintig hieraan dacht toen ze hem over haar vertelde.

'Dus jij bent een sekstherapeut?'

'Ik hou niet van etiketten,' antwoordde Samantha. "Maar ik weet veel van seks. Ik weet wat mensen leuk vinden en hoe het kan worden verbeterd. Het is een natuurlijk talent dat ik heb."

'Ik denk niet dat dat bij mij past. Bedankt voor de vriendelijke gastvrijheid, maar ik moet gaan. Ik neem de volgende vlucht naar huis.'

"Je bent net aangekomen".

"Ik weet het maar..."

'Roger heeft me gewaarschuwd dat je je daar zorgen over zou maken.'

'Ben je met hem naar bed geweest?' Vroeg Rachel botweg.

'Nee. Geloof me, je man is een trouwe man. Ik heb hem maar één keer aangekeken en ik wist dat zijn seksleven erg slecht was. Toen ik een kans op mijn schema vond, heb ik je man een aanbod gedaan.'

Rachel kneep haar ogen dicht.

'Ja, in ruil voor enkele duizenden dollars van het geld van mijn man, toch?'

'Zoals ik al zei, geld zegt me niets. Kijk eens rond, ik heb het geld van je man niet nodig. Maar als ik geen mensen factureer, zal er een lange rij mannen voor mijn deur wachten op gratis service. ."

'Nou, bedankt voor de gastvrijheid. Ik wil je tijd niet verspillen. Dit is niets voor mij. Ik neem de eerstvolgende beschikbare vlucht.'

Samantha knikte.

'Dat is volkomen begrijpelijk. Je kunt hier zo lang blijven als je wilt. Mijn chauffeur zal je meenemen wanneer je maar wilt. Ik zal het geld zo snel mogelijk aan je man teruggeven.'

"Heel erg bedankt."

'Veel succes met je huwelijk,' zei Samantha, en ze richtte haar aandacht weer op de ondergaande zon.

Rachel zweeg even.

'Wat weet je over mijn huwelijk?'

'Je man wilde dit met een reden. Dus ik weet dat je seksleven ongelooflijk saai en eentonig moet zijn.'

"Het huwelijk is meer dan alleen seks. We houden van elkaar. We zijn geweldige partners in het leven."

'Blijf jezelf dat voorhouden,' antwoordde Samantha. 'Je man heeft duidelijk het gevoel dat er iets ontbreekt in je relatie. Maar als je denkt dat alles perfect is, kun je gaan.'

Rachel zweeg een tijdje.

'Als ik hier blijf, bedoel ik wat er de komende dagen zal gebeuren? Wat moet ik hier doen?'

'Als je blijft, zal ik je de geneugten van overheersing en onderwerping leren. Dat is mijn specialiteit. Iemand zoals Roger moet zich de man in de relatie voelen. Ik kan je leren hoe je hem op de juiste manier dient.'

"Klinkt een beetje ruw."

"De seks is rauw. Maar het is ook mooi. Wanneer was de laatste keer dat je een verbijsterend orgasme had? Het soort dat een plas tussen je benen achterlaat."

'Ik weet het niet meer,' antwoordde Rachel. Jaren. Misschien meer.

'Arme zaak. Maar ik kan dat oplossen. Oudere vrouwen, vooral vrouwen, zijn mijn specialiteit.'

"We zullen niet ... weet je ..."

"We zullen. We zullen alles samen doen."

'Ik kan het niet,' antwoordde Rachel. 'Dit is belachelijk. Ik heb nog nooit een andere vrouw iets aangedaan.'

'Beschouw dit als een leerervaring. Bovendien is het niet gek als je man denkt dat het nuttig is.'

"Je bent zeker erg enthousiast over dit hele project."

Samantha glimlachte.

'Jij zou dat ook moeten zijn.'

"Wat nu?"

'Nu ga ik weer naar binnen om me klaar te maken voor het avondeten. Mijn kok maakt iets lekkers. Als je wilt blijven, kom dan bij me eten. Als je wilt gaan, praat dan met mijn chauffeur.'

"Ik wil blijven."

'Het eten zou binnenkort klaar moeten zijn. We kunnen elkaar beter leren kennen. Morgen begint het echte plezier.'

Samantha glimlachte weer.

Toen draaide hij zich om en ging zijn grote villa binnen.

HOOFDSTUK 7

De volgende dag.

Een klein deel van het personeel serveerde buiten het ontbijt.

Alles was goed gedaan.

Het eten was vers bereid.

De twee vrouwen genoten tijdens het ontbijt van elkaars gezelschap.

'Daar kan ik echt aan wennen', grapte Rachel.

Samantha knipoogde naar hem.

'Wie kookt er gewoonlijk bij jou in huis? Ik denk dat jij het bent. Je lijkt me een erg tamme vrouw.'

'Ik ben ouderwets opgevoed. Ik kom uit een lange rij huisvrouwen.'

'Typisch. Je hebt die klassieke conservatieve uitstraling.'

'Ik luister veel naar hem,' zei Rachel schouderophalend. 'Maar niet voor niets. Ik zorg graag voor mijn gezin. Ik vind het heerlijk om de ideale moeder en vrouw voor hen te zijn.'

Samantha knikte.

'Ik weet zeker dat Roger alles waardeert wat je in huis doet.'

'Ja,' antwoordde Rachel. 'Ik heb veel geluk dat ik dit heb. De meeste mannen waarderen niet wat hun vrouwen voor hen doen.'

"Beloont Roger je? Staat hij toe dat je aan zijn pik zuigt?"

"We vinden het jammer?"

'Laat Roger je aan zijn penis zuigen toen je een braaf meisje was?'

Rachel was verrast door het gladde gesprek tijdens het ontbijt, vooral in het bijzijn van het personeel.

Schaamteloos praten over seks leek altijd een slechte smaak te hebben.

'Ik denk niet dat het jouw zaken zijn,' antwoordde Rachel.

'Is dat niet zo? Ik dacht dat je mijn hulp nodig had.'

"Ik denk, maar ..."

'Wees eerlijk. We zijn allebei volwassen vrouwen. En mijn personeel is heel discreet. Ik probeer je alleen maar te helpen.'

Rachel zuchtte even.

'Ik doe het alleen af en toe voor hem. Ik vind het niet echt leuk om te doen.'

"Dus waar gaat je seksleven met Roger over? Klimt hij op je, geeft hij je een paar schommels en komt dan klaar?"

"Eigenlijk."

Samantha lachte bijna.

"Dit is geen geweldig seksleven. Het klinkt meer als een formaliteit."

"Het werkt voor ons."

Blijkbaar niet. Roger wil je hier met een reden. Ik vertel je niet graag het nieuws, maar Roger is een normale, geile jongen. Hij houdt van seks. En hij houdt van pijpen. Maar hij is te verlegen om een gunst van zijn schattige kleine vrouw extra te vragen ".

"Je bent aanmatigend."

Samantha trok een wenkbrauw op.

'Ben ik dat? Heeft Roger ooit seks afgewezen? Ziet hij eruit als een middelbare scholier elke keer dat je aan zijn lul zuigt? Je weet dat ik gelijk heb. Alle mannen zijn hetzelfde als het op seks aankomt.'

'Ik ben niet zo opgegroeid,' zei Rachel na een lange stilte. 'Je hebt waarschijnlijk gelijk wat Roger betreft. Maar ik weet niet meer hoe ik hem een plezier moet doen.'

Samantha knipte met haar vingers en iemand van het personeel bracht een seksspeeltje op een zilveren dienblad.

Samantha raapte het op en het personeel vertrok.

Het vleeskleurige seksspeeltje had de vorm van een mannenpenis.

"Het is verbazingwekkend hoe realistisch dit speelgoed voor volwassenen is geworden," zei Samantha, terwijl ze het verrast omhoog hield.

Ook al waren ze buiten, Samantha vond het niet erg om een dildo vast te houden.

Rachel voelde zich een beetje ongemakkelijk, ook al was er niemand anders.

'Ben je niet bang dat er iemand langskomt om je ermee te zien?' Rachel vroeg.

"Het is volkomen legaal om een seksspeeltje in de staat te hebben." Rachel knikte beschaamd.

"Je hebt gelijk."

'Er is ook niets mis met jou te kussen.'

"Wat bedoelt u?"

Samantha schudde de dildo lichtjes.

'Kom op, geef hem een kusje.'

"Waarom?"

"Ik ben benieuwd hoe je eruitziet met een penis in je mond."

Rachel keek zenuwachtig toen Samantha haar de dildo overhandigde, die naar haar gezicht wees.

Ze dacht dat ruzie nutteloos zou zijn.

Ze was te gast in een luxe huis.

Ze wist dat het onbeleefd zou zijn om het verzoek af te wijzen.

Hij leunde over de tafel en kuste de kop van de dildo.

'Doe nu je lippen open,' zei Samantha. "Neem het in."

Rachel voelde zich ongemakkelijk, maar deed het toch.

Ze liet het seksspeeltje in haar mond glijden.

Samantha begon de dildo in Rachels mond te duwen en te trekken om orale seks te simuleren.

'Is dat alles?', Zei Samantha, haar aandachtig gadeslaan. 'Zuig het op. Zo alles. Stel je voor dat het Rogers is.'

Toen ik deze woorden hoorde, verlichtte een vuur Rachel van binnen.

Ze zoog harder, sneller en harder.

Ze begon eigenlijk met orale seks met een dildo.

Voordat Rachel verder kon gaan, haalde Samantha de dildo uit haar mond en leunde Rachel achterover in haar stoel.

'Niet slecht,' zei Samantha. 'Maar je zuigvaardigheden kunnen een beetje verbeteren. We zullen er later aan werken. Ik denk dat Roger heel blij zal zijn als je thuiskomt.'

'Ik hoop het,' bloosde Rachel.

Samantha glimlachte.

'We hebben een lange trainingsdag voor de boeg. Laten we ons ontbijt afmaken en onze tijd gebruiken.'

Ze gingen weer ontbijten.

Rachel keek naar haar eten, maar dacht nog steeds aan Samantha's laatste woorden.

Opleiding? Wat bedoelde hij daarmee?

HOOFDSTUK 8

Samantha's slaapkamer was één grote, ruime ruimte.

En het was eenvoudig maar elegant.

Het meubilair zag er rustiek en duur uit.

Het balkon was open en had een perfect uitzicht op de zee.

'Je man heeft me je lengte en afmetingen gegeven,' zei Samantha. 'Dus ik heb een nieuwe kledingkast voor je gekocht.'

Er stond een koffer in het midden van de kamer.

Samantha opende het en onthulde een breed scala aan kledingstukken, waarvan de meeste erg onthullend waren, en een breed scala aan ondergoed.

Rachel was verbaasd.

"Is dat alles voor mij?"

"Alles in dit geval is voor jou. Ik heb ook een nieuwe make-up set voor je gekocht."

'Wat is er mis met mijn make-up?'

'Niets als je accountant bent,' antwoordde Samantha. 'Maar als je je man een constante erectie wilt geven, moet je wat harder proberen.'

'Roger houdt van de manier waarop ik hem leuk vind.'

'Je bent een heel mooie vrouw. Ik weet zeker dat Roger denkt dat je de mooiste vrouw ter wereld bent. Maar soms willen mannen gewoon een vieze hoer in de slaapkamer. Dat zijn de feiten.'

Rachel zweeg even.

'Ik ben niet bepaald een jonge vrouw meer.'

'Er is absoluut niets mis met vrouwen van jouw leeftijd. Iedereen houdt van oudere vrouwen. Ik ben dol op oudere vrouwen.'

"Dus wat doen we?"

'Het is goed om een echte primitieve huisvrouw te zijn. Maar het is ook goed om zo nu en dan een vies kreng in de slaapkamer te zijn. Dat zal ik je leren.'

Rachel haalde diep adem.

'Goed. Ik sta open voor alles wat je te zeggen hebt.'

'Goed. Doe nu je kleren uit.'

"Excuseer mij?"

'Doe je kleren uit. Doe je kleren uit. Alles.'

"Waarom?"

'Ik dacht dat je zei dat je open was,' zei Samantha met opgetrokken wenkbrauw. 'Als je mijn hulp wilt, luister dan naar wat ik te zeggen heb.'

Rachel wist al dat ruzie maken met Samantha nooit een winnende strategie was.

Ze haalde diep adem om haar moed te tonen, trok aarzelend haar kleren uit, vouwde elk kledingstuk voorzichtig op en legde het op het naastgelegen bed.

Het was een beetje gênant voor Rachel om zich uit te kleden voor Samantha, omdat haar lichaam ouder werd en Samantha erg jong en fit was.

Maar Rachel hield zichzelf voor dat het was alsof ze zich voor de dokter uitkleedde.

Samantha had waarschijnlijk veel naakte vrouwen van haar leeftijd gezien.

Ze zag het allemaal.

Als deze reis voorbij is, hoef ik hem nooit meer te zien.

Dus wat maakt het uit als ze me naakt ziet?

Ze trok al haar kleren uit en uiteindelijk was Rachel helemaal naakt voor een veel jongere en aantrekkelijkere vrouw.

'Heel vrouwelijk en mooi,' zei Samantha met een hint terwijl ze knikte.

"Dus denk je?"

'Zoals ik al zei, ik ben dol op oudere vrouwen. En ik hou van huisvrouwen. Ik vind je buitengewoon aantrekkelijk.'

Rachel haalde haar schouders op.

"En wat nu?"

"Volg mij."

Samantha bracht Rachel naar het dressoir.

Rachel zat voor de grote spiegel en een tafel vol schoonheidsproducten van een merk.

Ze keken allebei naar Rachels topless spiegelbeeld in de spiegel.

Dus veegde Samantha Rachels make-up af met een vochtig servet tot haar gezicht schoon was.

De rimpels en ouderdomslijntjes op Rachels gezicht waren duidelijker.

'Je hebt zo'n natuurlijke schoonheid, Rachel. Je bent zo mooi.'

"Heel erg bedankt."

'Maar we zijn op dit moment niet geïnteresseerd in schoonheid,' zei Samantha. 'We zijn geïnteresseerd in sexy. Ben je er klaar voor, Rachel?'

"Ik denk het."

"Laten we beginnen."

Samantha ging meteen aan de slag met het aanbrengen van de cosmetica.

Ze bracht vakkundig een laag blush, oogschaduw, mascara, eyeliner en een felrode lippenstift aan.

Ten tweede zag de gereserveerde huisvrouw haar uiterlijk veranderen.

Toen ze klaar was, kon Rachel zichzelf nauwelijks herkennen.

"Wat dacht je van?" Vroeg Samantha trots op haar werk.

"Het ziet er ... het ziet er ... interessant uit ..."

Samantha klopte de vrouw op de schouder.

'Je zult er wel aan wennen. Bedenk dat dit alleen voor jou en Roger is. Niet voor anderen.'

"Ik begrijp het."

'Laten we ons nu aankleden, oké?'

Rachel stond op en volgde Samantha's stap de grote kamer binnen.

Samantha reikte in de kofferbak en haalde een dun rood gewaad tevoorschijn.

'Probeer dit eens,' zei Samantha. 'En kijk naar je in de spiegel.'

Rachel keek naar haar naakte spiegelbeeld in de spiegel terwijl ze haar mantel aantrok.

Het was schaars, dun en klein.

Het belangrijkste was dat het semi-transparant was.

De kleur van haar tepels en schaamhaar was volledig zichtbaar.

'Het is een beetje onthullend, is het niet?' Rachel zei wat duidelijk was.

'Dat is het idee. Als je thuis bent, wil ik dat je dit altijd voor Roger draagt. Het wordt een gelukkiger huwelijk.'

'Moet ik altijd praktisch naakt zijn?'

"Denk er eens over na, zou Roger met je in discussie gaan terwijl je tepels blootliggen?"

'Dat is zeker een leuke manier om naar de dingen te kijken,' antwoordde Rachel grinnikend.

Samantha glimlachte.

"Ik heb door de jaren heen veel stellen geholpen. Geloof me, ik weet waar ik het over heb."

De twee vrouwen lachten speels naar elkaar voordat ze meer outfits probeerden.

HOOFDSTUK 9

Later die dag.

Rachel was in een staat van diepe ontspanning.

Ik was alleen met een getrainde masseuse in de spa-kamer.

Haar gedachten dwaalden af toen haar rug een deskundige massage kreeg.

Het was heerlijk.

'Ik ben blij dat je het naar je zin hebt,' zei Samantha, terwijl ze de spa binnenliep.

"Dat is hemels."

'Een goede massage is altijd hemels. Sorry dat ik je stoor, maar ik heb mijn vader net aan de telefoon gesproken. Er is iets gebeurd.'

Rachel ging rechtop zitten om het nieuws te horen.

Haar borsten waren zichtbaar, maar het kon haar niet schelen.

"Alles goed?" Zij vroeg.

'Alles is in orde. Maar mijn vader heeft een belangrijk diner met een aantal van zijn zakenpartners en hij wil dat ik bij hem kom. Hij wil dat ik het weet. Ik ben ook goed in het ontvangen van gasten.'

"Ik moet gaan?" Vroeg Rachel, stiekem bang voor het ergste.

'Nee, nee. Maar ik weet niet zeker wanneer ik terugkom, dus maak het jezelf gemakkelijk bij mij. Ik heb het personeel al geïnstrueerd om een lekker diner voor je te maken. Doe daarna wat je wilt. Er zijn boeken , Films, muziek, wat je maar wilt. Mijn personeel helpt je met alles wat je nodig hebt. "

"Dank je! Je bent erg vriendelijk."

Samantha trok een wenkbrauw op.

'Als je zin hebt in iets provocatiever, probeer dan de dvd-collectie in mijn kamer. Wie weet zie je iets wat je leuk vindt.'

'Dat zal ik in gedachten houden,' antwoordde Rachel, die niet wist hoe ze de insinuaties moest interpreteren.

'Veel plezier. Ik zal proberen snel terug te komen.'

"Goede nacht."

Samantha glimlachte boosaardig en vertrok.

HOOFDSTUK 10

In dezelfde nacht.

Het luxueuze landhuis zag er een beetje saai uit zonder de eigenaar.

Na een vroeg diner keek Rachel naar de zonsondergang en verkende ze het huis nog een keer.

Hij wierp een blik op wat hij had voor zijn thuistheater en muziekbibliotheek, maar niets interesseerde hem erg.

Nu zat hij tv te kijken in de woonkamer.

Het nieuws was het enige waar hij om gaf.

Hij vroeg zich af hoe het met Roger ging.

Ze vroeg zich af of Roger haar zou missen.

Verveling kwam.

Het was elf uur 's ochtends en Rachel besloot naar bed te gaan.

Op weg naar zijn kamer passeerde hij Samantha's kamer.

De deur stond wagenwijd open.

Het aanbod om haar privé-dvd's te bekijken, was nog steeds bij haar opgekomen.

Waarom niet?

Ze nodigde me uit om in haar kamer te komen kijken.

Rachel ging de ouderslaapkamer binnen en liep naar de grote tv.

De dvd's waren niet moeilijk te vinden.

Er waren meer dan 200 dvd's, schatte hij.

Alle dvd's waren zelfgemaakt.

Elke dvd had een naam en een datum.

Rachel zette de tv en de dvd-speler aan.

Ze koos een willekeurige dvd uit met de titel: Joseph 03-07-2018

De dvd begon en Rachel ging op het bed zitten.

Ze was verbaasd over wat ze zag.

Er verscheen een naakte man op het scherm.

Hij was van middelbare leeftijd en had een normale vorm.

Hij had het gezicht van een succesvolle zakenman.

Zijn penis was klein en slap.

Hij zag er verlegen uit.

Hij keek recht in de camera.

Hij stond in een logeerkamer.

De man gaf zijn naam, leeftijd en beroep als vastgoedontwikkelaar.

De scène voelde heel vreemd aan en maakte Rachel buitengewoon ongemakkelijk.

Hij begreep niet waarom Samantha zo'n dvd zou hebben.

Rachel stond op en stond op het punt de dvd uit te zetten toen ze plotseling Samantha's stem op de tv hoorde.

Hij begon de naakte man te bevelen.

Rachel ging weer zitten om verder te kijken.

De naakte man op het scherm streelde zichzelf.

Zijn kleine penis werd een beetje groter en stijver.

De man knielde toen Samantha's stem hem beval.

Samantha verscheen op het scherm en Rachel hapte bijna naar adem.

Samantha verscheen in de video in een strak leren korset en liet haar armen en benen zien.

Een lange dildo die minstens 20 centimeter lang moet zijn geweest, werd tussen Samantha's benen vastgebonden.

Samantha stond voor de knielende man en de man begon enthousiast de penis uit de riem te zuigen.

Het enige wat Rachel kon doen, was staren, bijna in shock.

Ik had totaal ongeloof dat Samantha dit een man zou aandoen.

Haar instinct zei haar dat ze de dvd moest uitschakelen, maar dat lukte niet.

Het scherm was hypnotiserend geworden.

In de video beval Samantha de man om op te staan en over het bed te buigen.

Hij deed het met enthousiasme.

Samantha smeerde vervolgens een grote hoeveelheid glijmiddel op het seksspeeltje en ging achter de man staan.

Rachel hapte naar adem toen ze Samantha de man zag binnenkomen.

Het was alles wat Rachel kon verdragen.

Hij stond op en zette de dvd uit.

Toen hij de dvd weer in de collectie stopte, zag hij nog een video genaamd Anna 23-05-2019.

Het is pas een paar maanden geleden opgenomen en de hoofdrolspeler moet een vrouw zijn geweest.

Rachel was nieuwsgierig, speelde de video af en leunde achterover op het bed.

De video toonde een volwassen, naakte vrouw.

De vrouw was begin vijftig.

Duidelijk een huisvrouw.

De video werd ook opgenomen in dezelfde kamer, maar deze keer hield Samantha de camera vast en sprak met de huishoudster.

Samantha beval de vrouw te knielen en in Samantha's kutje te kruipen.

De vrouw voerde vakkundig orale seks uit op Samantha's gladgeschoren poesje.

Rachel was overweldigd door de wens om Samantha's privé-sekstape thuis te zien.

Hij reikte naar beneden en raakte terwijl hij toekeek.

Ze begon met haar kutje te spelen.

Lesbisme en onderwerping waren nooit haar fantasieën, maar er was iets intrigerends aan Samantha's homevideo's.

Rachel bleef haar kutje wrijven tot de video eindigde.

Toen speelde hij nog een video, deze keer van een stel.

De tijd vloog voorbij en Rachel had al een paar video's gezien.

Ze kwam krachtig naar zelfgemaakte porno kijken.

Het was lang geleden dat ze zo'n goed orgasme had gevoeld.

Ze sloot haar ogen om even te rusten.

* * *

Rachel werd wakker met het gevoel van een vinger die over haar huid wreef.

Zijn ogen werden groot.

Het was nog steeds nacht.

Ze keek op en zag Samantha met een glimlach op haar gezicht over haar heen staan.

"Ik zie dat je genoten hebt van mijn verzameling", glimlachte Samantha.

Rachel bedekte snel haar kutje.

'Oh god. Het spijt me zo. Ik moet in slaap zijn gevallen.'

'Je hoeft je nergens voor te verontschuldigen. Je hebt iets gevonden dat je leuk vindt. Nu zijn we klaar voor de volgende stap.'

Beide vrouwen keken elkaar in de ogen.

Er viel een korte stilte tussen hen in.

En er was ook een rustig besef dat de dingen veel interessanter zouden worden.

DERDE DEEL:
Slavernij is ons een genoegen

40

HOOFDSTUK 11

Het ontbijt was de volgende ochtend bijna ongemakkelijk voor Rachel.

Het was de eerste keer in haar leven dat ze betrapt werd op masturberen.

Ik voelde me schaamte en voelde me ongemakkelijk.

'Je moet veel vragen hebben,' zei Samantha.

"Iets."

'Wees niet verlegen. Laten we naar je luisteren.'

"Wat deed je precies in deze video's?" Rachel vroeg.

"Verschillende mensen hebben verschillende fetisjen. Dat is een feit van de menselijke seksualiteit. Ik bied gewoon een dienst aan die fetisjen."

'Ben je een soort dominatrix of hoe je het tegenwoordig ook noemt?'

Samantha glimlachte.

'Als ik wil zijn. Of als iemand mijn hulp nodig heeft.'

'Noem je deze hulp?' Vroeg Rachel, terwijl ze haar voorhoofd optilde.

'Natuurlijk. Heb je gezien hoeveel deze mensen kwamen?'

Rachel voelde zich plotseling verlegen.

"Was je ... eh ..."

'Vooruit. Vraag het maar. Ik zal niet bijten.'

Rachel haalde diep adem.

'Heb je overwogen om een van deze dingen met mij of Roger te doen? Was dat al die tijd het plan? Wil Roger in de watten gelegd worden? Wil hij zien hoe ik orale seks heb met een vrouw?'

'Dat zijn toch de grote vragen?'

'Wil je me een antwoord geven?'

Samantha wachtte een lange, dramatische pauze terwijl ze nipte van het versgeperste sap.

'Het antwoord is dit,' antwoordde Samantha. 'Je man heeft geen idee wat hij wil. Hij weet dat hij een beter seksleven wil. Hij weet dat hij niet elke week seks wil hebben met een emotieloze vrouw.'

'Roger noemde me een emotieloze vrouw?' Vroeg Rachel gekwetst.

'Niet met die woorden. Maar zoals hij zijn seksleven beschreef, kun je net zo goed emotieloos zijn.'

'Dus wat denk je dat Roger wil? Om me onderdanig te maken zoals de vrouwen in je video's?'

'Misschien. Daar was deze reis voor bedoeld. Helaas zorgde hij voor zichzelf en ik kan hem niet helpen. Maar gelukkig ben je hier.'

"Ga jij vreemd?"

'Nee, dat is hij niet. Ik kan zeggen van niet. Maar hij staat op het punt het te doen. De seks die je aanbiedt is ongepast voor een man als hij.'

"Moet ik dit doen?" Rachel vroeg.

"Doe wat ik je vertel. Kleed je zoals ik je zei. Zuig op zijn pik zoals ik je heb geleerd. Ik verwacht zelfs dat je hem elke ochtend voor het werk en opnieuw als hij dat doet een pijpbeurt geeft. Komt thuis. Geen excuses. " niet te ".

Rachel knikte.

"Ik kan dat doen."

'Maar er valt nog meer te leren. Orale seks lost niet alles op, geloof het of niet.'

"En wat is dat?"

Samantha keek hem sluw aan.

'We moeten het na het ontbijt uitzoeken.'

HOOFDSTUK 12

Er hing een voelbare spanning in de lucht toen Rachel Samantha volgde naar een privékamer in de villa.

De kamer had eenvoudige muren en eenvoudig meubilair.

Er was een klein bed, slechts 60 cm hoog.

Het bed was gewoon gedekt, geen dekens of kussens, alleen een laken.

'Laten we geen tijd verspillen,' zei Samantha. 'Je man wil een onderdanige vrouw. Diep van binnen verlang je naar een dominante seksuele figuur.'

'Ik ben het er totaal niet mee eens,' zei Rachel resoluut.

"Oh?"

"Ik denk niet dat Roger me zo wil. En ik heb zeker mijn grenzen. Ik heb altijd het gevoel gehad dat een goede relatie gebaseerd is op gelijkheid."

"Zelfs tijdens seks?"

"Ja."

Samantha likte haar lippen.

"Je hebt vandaag veel te leren."

"Ik sta open voor wat je suggereert."

Samantha knikte.

'Ik heb je niet voor niets hierheen gebracht. Dit is een beginnerskamer. Je bent nog niet klaar voor de bondagekamer.'

"Klinkt intimiderend."

'Op een goede manier intimideren. Maar voorlopig zullen we tevreden zijn met deze kamer, want die is na een ramp gemakkelijk schoon te maken.'

"Wat moet dat betekenen?" Rachel vroeg.

"Het betekent dat ik je laat klaarkomen. Op de juiste manier. Ik zal je laten zien hoe een echt orgasme aanvoelt."

'Samantha, ik waardeer alles wat je voor me doet, maar ik denk echt niet dat het nodig is.'

'Natuurlijk,' antwoordde Samantha resoluut. 'Je kunt niet echt onderdanig worden als je de geneugten ervan niet hebt gevoeld. We beginnen langzaam. Ik zal je een nieuwe levensstijl geven.'

Rachel was onder de indruk van het woord levensstijl.

De dingen zouden interessanter moeten worden.

En hij was benieuwd waar het heen ging.

"Prima," antwoordde ze. 'Ik zal geen ruzie maken. Ik zal niet klagen. Ik zal doen wat je vraagt.'

'Ik wil je kont zien. Ik wil dat je naakt bent vanaf je middel. Ga dan op het bed liggen. Houd je voeten op de grond.'

Rachel maakte zich zorgen over het verzoek.

Maar ze deed het toch, aangezien ze had gezegd dat ze het zou doen zonder ruzie.

Ze trok alles uit, legde haar kont bloot en legde voorzichtig haar kleren op het bed.

Nu stond ze bloot met haar matig harige bosje Samantha.

Toen ging hij op het bedje liggen met zijn voeten nog op de grond.

'Je zult je later moeten scheren,' zei Samantha terwijl ze naar het schaamhaar keek.

'Mijn man vindt het lekker.'

'Scheer je vandaag. Maak je geen zorgen, het groeit weer aan.'

Rachel rolde met haar ogen.

"Klaarblijkelijk."

'Spreid nu je benen. Breed.'

Rachel deed het.

Ze spreidde haar benen en gaf Samantha een duidelijk zicht op haar kutje.

Ze voelde zich onzeker om haar rijpe kutje te laten zien aan een mooie jonge vrouw, maar vermoedde dat er een doel achter zat.

"Nu blij?"

"Lekker poesje," raadde Samantha. "Het is schattig."

'Ga je daar staan kijken?'

'Natuurlijk niet. Als je het niet erg vindt, bind ik je benen aan het bed voordat ik je laat komen. Ontspan, ik beloof je dat je ervan zult genieten.'

Samantha pakte iets onder het bed en haalde een touw tevoorschijn waarmee ze Rachels enkels aan tegenoverliggende palen op het bed vastbond.

Hij deed alles met deskundige precisie.

Het was duidelijk dat Samantha een expert was op het gebied van touwen en bondage.

Toen hij klaar was, werden Rachels adelaarsbenen gespreid, vastgebonden en stond haar poesje wijd open.

Een luid gebrom weerkaatste door de kamer.

"Wat is dat in godsnaam?" Vroeg Rachel terwijl ze Samantha aankeek.

Samantha hield een groot vibrerend seksspeeltje omhoog dat eruitzag en klonk als een elektrisch gereedschap.

Het apparaat had een vibrerende bovenkant die was ontworpen om de clitoris van een vrouw te stimuleren.

'Dit zal je leven ten goede veranderen. Nu ontspannen.'

Rachel lag met grote ogen op het bed.

Het ding kwam tussen haar benen.

Samantha zag eruit alsof ze een medische procedure uitvoerde met de krachtige vibrator.

De vibrerende bovenkant kwam dichter bij het blootgestelde poesje.

De sterke vibrator raakte het puntje van Rachels clitoris.

"Aaahhhh !!!!" De volwassen huisvrouw schreeuwde van de pijn.

Samantha trok zich even terug.

'Ontspan. Ontspan, lieverd. Ontspan terwijl ik voor je zorg.'

De sterke vibratie werd teruggebracht in de clitoris.

Rachel schreeuwde weer.

Hij had Samantha kunnen vragen om te stoppen.

Ze had kunnen gaan zitten en Samantha een duwtje geven.

Ze had kunnen vechten.

Maar ze deed het niet.

Rachel ging gewoon achterover op het bed liggen en nam de intense stimulatie in zich op.

Hoewel het pijnlijk was, was er ook een vleugje plezier.

Het plezier groeide en groeide.

Rachel ging door met de angst, maar probeerde haar lichaam te ontspannen.

Ze accepteerde het sterke gevoel.

Zijn benen trilden en worstelden tegen het touw, maar nee, het had geen zin.

Zijn benen konden niet bewegen.

De sensatie in zijn lichaam was in conflict.

Ze wilde weerstand bieden, maar ze wilde ook de gevoelens laten stromen.

Ze bleef op het bed kreunen en huiveren.

Samantha drukte haar handpalm op het lichaam van de huisvrouw.

Daarna drukte hij het vibrerende seksapparaat stevig tegen haar clitoris.

De stimulatie was onwerkelijk.

De volwassen huisvrouw schreeuwde van pijn en plezier.

Zijn benen vochten met alle macht tegen het touw.

Het was een verloren strijd.

Toen Samantha twee vingers in haar kutje stak, kwam Rachel naar buiten.

Ze rende en rende.

Ze spetterde en spetterde haar sappen.

Het was een nat orgasme dat overal een echte rotzooi veroorzaakte.

Rachels rug kromde slecht.

Zijn tenen krulden zich op.

Hij trok vreemde gezichten die een tijdje bijna onherkenbaar waren.

Toen werd zijn lichaam helemaal slap.

Samantha zette het apparaat uit en glimlachte naar haar werk.

Hij liet het apparaat zakken en maakte de enkels van de huisvrouw los.

Hij ging op het bed zitten en wreef over Rachels haar toen hij merkte hoe mooi ze eruitzag.

'Vecht nog niet om te praten,' zei Samantha, nog steeds over Rachels haar wrijvend. "Gewoon ontspannen. Geniet van je gelukzaligheid. Ik weet zeker dat je clitoris nu pijn doet."

Rachel knikte.

"Ja."

"Rust even uit. Laat je clitoris genezen. Later op de dag gaan we door met trainen."

Samantha boog zich voorover om Rachel op het voorhoofd te kussen, toen op de wang en toen op de lippen.

HOOFDSTUK 13

De tijd verstreek langzaam.

Ze lunchten samen en praatten over normale dingen.

Er groeide een vriendschap tussen hen.

Het onderwerp seks was niet teruggekomen en Rachels clitoris had tijd om te genezen van de trillingsaanval.

Rachel deed die middag een dutje en toen ze wakker werd lag er een mooie zwarte jurk op haar bed.

Er lag ook een paar schoenen met hoge hakken op het bed.

Bovenop de jurk zat een handgeschreven briefje.

De notitie luidde:

"Neem een goede lange douche. Breng dan je make-up aan zoals ik je heb geleerd. En dan de jurk en hakken aantrekken met niets anders eronder.

We ontmoeten elkaar beneden om zes uur 's middags in de slavenkamer. De deur is ontgrendeld".

Het briefje is ondertekend door Samantha.

Een tintelend gevoel groeide tussen haar benen.

Rachel stond op en nam een douche.

Ze droogde zich af en bekeek haar naakte spiegelbeeld in de spiegel voordat ze make-up aanbracht.

Ze paste elk cosmetisch product precies toe zoals Samantha haar had geleerd.

Rachel trok de jurk aan voor de slaapkamerspiegel.

De jurk was elegant en sexy.

Ze was verbaasd over haar spiegelbeeld.

Ze leek een heel andere vrouw.

* * *

Hij kwam om precies zes uur 's middags de trap af en liep toen de gang door.

Het was gemakkelijk te zien waar de slavenkamer was.

Het was de enige kamer in de villa waar de deur altijd gesloten was.

Nu stond de deur open en hij scheen haar te bellen.

De bondagekamer leek saai in vergelijking met de rest van het huis.

Het was een middelgrote kamer zonder waarde.

Er waren een paar tafels en stoelen.

Er waren andere interessant uitziende items zoals een touw dat aan het plafond bungelde en vreemd uitziende apparaten die er ruw uitzagen.

Rachel ging de kamer binnen en liet haar ogen over haar heen dwalen.

De verwachting groeide.

'Was dat wat je had verwacht?' Samantha's stem zei van achteren.

Rachel draaide zich om en zag Samantha in een rood leren korset en zwarte laarzen.

Haar armen en benen waren strak gespannen en haar haar was naar achteren getrokken.

Ze was gekleed als een echte dominatrix.

Samantha deed toen de deur dicht.

'Ik hoopte nog wat langer om eerlijk te zijn,' zei Rachel terwijl ze haar zenuwen verborg.

'De meeste mensen verwachten meer van mijn bondagekamer. Maar ik geef de voorkeur aan eenvoud. Ik hou van dat verrassingselement.'

"Wat bedoelt u?"

"Ik vind het leuk dat mensen deze kamer onderschatten," glimlachte Samantha. "Het maakt ook niet uit wat voor soort speelgoed en apparaten er worden gebruikt. Het is de bereidheid om te onderwerpen en de dominante macht over de onderdanige die een goede erotische BDSM-relatie vormt. Niet het speelgoed."

Rachels handen wezen naar de kamer.

'Maar hier zijn we dan.'

'Begrijp me niet verkeerd,' zei Samantha en ging naar de huishoudster. "Ik ben dol op het gebruik van speelgoed. En ik ben ook dol op touwtjes. Ze versterken mijn macht over onderdanigen op veel manieren."

"Wat ga je met me doen?"

Samantha's ogen keken de huisvrouw van top tot teen.

"Ik vergat te vermelden hoe mooi je eruitziet in deze jurk. Hij past perfect bij je en laat al je rondingen zien. En je make-up, ik ben onder de indruk. Je leert snel."

'Bedankt. Je ziet er ... eh ... aantrekkelijk uit in die outfit.'

"Ik probeer altijd mijn best te doen."

'Dus wat ga je met me doen?' Vroeg Rachel opnieuw, bijna wanhopig om het te weten.

Samantha deed een stap naar voren en legde haar lippen tegen het oor van de huisvrouw.

'Ik bind je vast,' zei Samantha zacht. 'Dan laat ik je keer op keer komen. Je bent van je man. Maar vanavond ben je van mij. Je poesje is van mij. En je orgasmes zijn ook van mij.'

Rachels ogen werden groot.

"Oh. Ik ... uh ..."

'Ik veronderstel dat Roger je nooit heeft vastgebonden.'

"Nooit."

'Perfect. Ik vind het heerlijk om iemands eerste te zijn. Wees stil.'

Rachel zweeg verlegen in haar dure jurk toen ze zag dat Samantha een apparaat aan de muur draaide.

Het touw dat aan het plafond hing, zakte naar Rachel toe.

'Ga je me hiermee vastbinden?' Rachel vroeg.

"Er is een probleem?"

Rachel schudde zenuwachtig haar hoofd.

"Niet."

'Goed. Geef me nu je poppen.'

Samantha gebruikte het zachte touw en bond Rachels polsen vakkundig vast.

De knoop zat strak.

Rachels handen waren vastgebonden.

Hij verzette zich niet.

Nadat ze het touw had vastgemaakt, ging Samantha terug naar de muur en draaide het apparaat in de tegenovergestelde richting.

Hierdoor kwamen Rachels handen boven haar hoofd uit.

Niets pijnlijks, maar genoeg om Rachel ervan te weerhouden te bewegen.

"Knus?" Vroeg Samantha met een halve glimlach.

Rachel huiverde bijna toen ze boven haar hoofd ging staan met haar handen vastgebonden.

'Mijn polsen doen pijn.'

'Het doet pijn omdat je vecht. Ontspan. Geef jezelf aan mij.'

Samantha maakte een la open en keek naar binnen.

Hij haalde een mes tevoorschijn en liep langzaam naar Rachel met een boosaardige glimlach, zwaaiend met het scherpe voorwerp.

"O mijn God!" Rachel hapte naar adem van angst en dacht dat er iets vreselijks zou gebeuren. "Alsjeblieft niet! Mijn God! Mijn God!"

'Doe niet zo gek. Ik zal je geen pijn doen. Nou, niet op de slechte manier.'

Samantha droeg het mes bovenop Rachels jurk.

Daarna sneed ze de jurk af en verdeelde deze in twee.

Samantha legde het mes op een nabijgelegen tafel en deed de bovenkant van de jurk open om Rachels twee ronde borsten te laten zien.

"Nu zie je eruit als een echte hoer," glimlachte Samantha. "Kinky make-up, mooi haar, dure hakken en een gescheurde jurk die je oude slappe tieten blootlegt. Allemaal tekenen van een hoer. Ben je het daar niet mee eens?"

Rachel knikte zenuwachtig.

"Ja."

'Ik houd me altijd aan de 10 cm-regel. Vertel me eens hoe groot de penis van je man is?'

'Ongeveer tien centimeter,' gaf Rachel toe.

'Roger is vijf centimeter lang, dus ik zal er nog tien centimeter bij doen. Dat is in totaal negen centimeter.'

Samantha opende een andere la voor een 20 cm grote dildo.

Ze keek hem aan en verwonderde zich over de grootte.

Daarna deed ze een riem om haar kruis en deed ze de 25 cm grote dildo om.

'Ga je dat in mij stoppen?' Vroeg Rachel nerveus.

'Ik ga je ermee voor de gek houden,' antwoordde Samantha en smeerde het lul in. "Heb je ooit seks gehad terwijl je stond?"

"Niet."

"Nog een keer."

Samantha stond voor Rachel.

Ze stonden tegenover elkaar, slechts centimeters van elkaar verwijderd.

Samantha was veilig en kalm.

Rachel was een zenuwachtig wrak.

De seksuele spanning hing in de lucht.

Samantha boog zich voorover en gaf Rachel een dikke kus op de lippen.

In het begin was het glad.

Dan meer gepassioneerd.

Toen werd het ruiger.

Samantha beet zachtjes op Rachels onderlip.

Daarna bleven ze kussen met hun tong.

Terwijl ze kusten, liet Samantha haar handen zakken en tilde Rachels jurk op.

Toen bracht hij het puntje van de riem naar Rachels lippen.

Rachel spreidde haar benen terwijl ze stond.

De dildo richtte zich op haar kutje.

'Ik ga nu in je doordringen,' fluisterde Samantha in Rachels oor.

"Wees zachtaardig."

'Nee,' fluisterde Samantha.

Terwijl de twee vrouwen verstrengeld bleven, gaf Samantha een harde duw en ging Rachels poesje binnen, wat een hoorbare snik veroorzaakte.

Samantha gaf nog een duw en ging dieper.

Het seksobject werd steeds dieper.

Op een gegeven moment was het 9-inch seksobject volledig in haar kutje begraven.

Rachel kreunde en haar benen sloegen.

Samantha toonde haar fysieke kracht door haar beide dijen stevig in de lucht te klemmen.

Rachel lag helemaal van de vloer, haar handen bungelend aan het touw in het plafond.

Haar voeten en hielen wapperden wild terwijl Samantha haar benen vasthield.

'Vecht niet,' zei Samantha, terwijl ze de huisvrouw in de lucht hield. 'Hoe meer je vecht, hoe meer pijn het zal doen. Geef jezelf aan mij.'

Samantha leunde achterover en gaf nog een harde duw, waarbij ze de dildo dieper in haar kutje duwde.

Samantha's handen hielden Rachels benen stevig vast.

Rachel was in de lucht toen de dominatrix haar binnenkwam.

Ze neukten.

Ze keken elkaar in de ogen.

Rachel huilde en kreunde.

Maar ze heeft Samantha nooit gezegd dat ze moest stoppen.

Ze durfde niet, maar ze wilde het niet.

Het maakte deel uit van de training en hij begon zich op zijn gemak te voelen toen zijn lichaam zich aanpaste aan de grootte.

Haar haar was verward, net als haar voeten.

Ze vond het leuk om geneukt te worden door Samantha.

Zijn lichaam brandde.

Rachels polsen deden pijn.

De huid rond haar polsen werd dieprood terwijl haar lichaam in de lucht hing.

Maar de pijn in haar polsen was niets vergeleken met het gevoel dat haar kutje voelde.

Het grote seksspeeltje stimuleerde de zenuwen in haar kutje waarvan ze nooit wist dat ze bestonden.

De stoten gingen door.

Ze gilde en gilde.

Ze huilde en huilde.

Ze kreunde en kreunde.

'Kom me halen,' zei Samantha, terwijl ze de huisvrouw met plezier aankeek. 'Kom me halen, smerige ouwe hoer.'

Rachel duwde haar heupen omhoog.

"Ik ben niet oud!"

Een orgasme scheurde door haar lichaam.

Rachel schreeuwde luid.

Zijn rug kromde slecht.

Ze gooide de schoenen met hoge hakken naar de andere kant van de kamer.

Het vocht uit Rachels poesje spatte overal rond, waardoor de schoonmaakster een serieuze klus had.

Toen het orgasme afnam, rolden Rachels ogen terug en ontspande haar lichaam.

Samantha liet haar knuffel los en Rachel bungelde het touw bijna zwak om haar polsen.

Samantha liet het touw zakken en Rachels halfbewuste lichaam lag op de grond in een plas met haar eigen hete sappen.

Toen Rachel haar ogen kon openen, zag ze Samantha haar korset uittrekken en helemaal naakt worden.

Rachel kon niet anders dan jaloers zijn op Samantha's perfect naakte lichaam.

Samantha zat op de grond te spelen met Rachels haar.

"Roger heeft het geluk dat hij een hoer als jij klaarkomt," lachte Samantha volledig naakt.

'Ik ben nog nooit zo gekomen. Nooit.'

'Ik ben blij dat ik je ervoor had kunnen dienen. Maar onthoud, ik ben de dominatrix, jij bent de onderdanige. Dit is voor mijn plezier, niet voor jou. En ik ben nog niet gekomen.'

Rachel trok een wenkbrauw op.

"Wat denk je?"

"Heb je ooit een poesje gegeten?"

"Niet."

'Wat ben je in alles een maagd. Kruip naar me toe. Leg je gezicht tussen mijn benen.'

Rachel deed wat haar werd opgedragen.

Hij kroop tot zijn gezicht slechts enkele centimeters van haar kutje verwijderd was.

'Kus mijn lippen,' beval Samantha, verwijzend naar haar eigen vagina. "Ik hou ervan om gekust te worden."

Rachel gaf toe en kuste de buitenste laag van Samantha's gladgeschoren poesje.

'Lik eraan als een lolly. Steek dan je tong erin alsof je al dagen niet gegeten hebt.'

Rachel volgde de instructies, likte haar kutje en probeerde de externe vloeistoffen.

Zijn tong voelde elk punt op haar lippen.

Toen stak hij zijn tong erin, likte en zoog.

Het was de eerste keer dat ze een poesje had gegeten en ze vond dat het lekker smaakte.

'Dat is prima,' kreunde Samantha. "Ga zo door. Blijf likken als een braaf kitten."

De huisvrouw, ooit gereserveerd, primitief en ordelijk, was al snel een ervaren poesjeseter geworden.

Ze likte en zoog enthousiast.

Zijn tong streek op en neer.

Even later kwam Samantha aanrennen en gaf een hoge schreeuw.

Zijn benen trilden, toen ontspande hij zich.

Samantha's ogen lichtten op.

'Mijn god. Wie wist dat je het op een natuurlijke manier kon doen?'

Rachel glimlachte en legde haar hoofd op Samantha's dij.

"Jij weet het goed".

"Dus denk je?" Vroeg Samantha retorisch.

Rachel kuste de dij van de dominatrix.

"Ja."

De twee vrouwen zetten hun moment van wederzijds comfort voort.

Rachel sloot haar ogen en leunde met haar hoofd achterover op de dij van de dominatrix.

Samantha keek naar de mooie huisvrouw en streelde haar haar.

HOOFDSTUK 14

Dagen later.

Nadat Rachel haar bagage had opgehaald, duwde ze een karretje met twee koffers naar binnen: een met haar normale kleren en de andere die Samantha haar had gegeven.

Ze zag haar man buiten wachten.

Een brede glimlach werd beantwoord.

Roger was blij zijn vrouw zo goed gebruind en ontspannen te zien.

Hij rende naar Rachel.

Ze stopte de auto en gaf hem een stevige, verstikkende knuffel.

Het was een bijzonder moment.

Ze wilde dat deze dag een nieuw begin zou zijn voor hun huwelijk.

'Ik heb je zo gemist,' zei Roger.

Rachel legde haar lippen tegen zijn oor en fluisterde: "Je neemt me mee naar huis en bind me vast aan het bed in de kamer. Dan duw je je pik in mijn keel. En dan neuk je me. Begrepen?"

Hij deed een stap achteruit om zijn vrouw van dichterbij te bekijken, verbaasd over haar vuile taal.

Er was een speciale glans in Rachels ogen.

Een honger

Een genoegen.

Roger besefte dat zijn vrouw een andere vrouw was.

Roger knikte en accepteerde de uitnodiging.

Rachel glimlachte en kuste hem.

EINDE

58

BDSM SCHRIJFSTER
VAN
ERIKA SANDERS

EERSTE DEEL
DE REACTIE

HOOFDSTUK I

Samantha's grootste angst was dat iemand haar op deze foto's zou herkennen.

Dit probleem werd echter opgelost door een dun masker te dragen.

Het masker was klein en bedekte alleen zijn ogen en neus, wat goed genoeg was om hem anoniem te houden.

Ze maakte verschillende poses voor de fotograaf.

Het was een klassieke opnamesessie met een onderdanige toon.

Verschillende touwen bonden lichtjes haar kleine en slanke lichaam, dat was bedekt met een dunne zwarte jurk.

Haar polsen waren ook vastgebonden en nu werden er foto's gemaakt van haar liggend op de grond.

Het was een kunstsessie van een semi-beroemde lokale fotograaf die de portretten in verschillende kunstgalerijen verkocht.

'Heel leuk', zei de fotograaf en liep weg. 'Draai je om. Op je buik. Goed. Draai je om.'

Het was het leukste dat Samantha in lange tijd had gehad.

Ze rolde om als een bondagepuppy.

Toen rolde ze terug.

Ze had een lichte glimlach op haar gezicht en leefde haar verbeelding.

De fotograaf zag Samantha's glimlach, glimlachte terug en nam meer foto's.

'Ik denk dat we klaar zijn voor vandaag,' zei hij, terwijl hij de camera liet zakken. "Je was uitstekend."

Ze stond op en liep naar hem toe met haar polsen naar voren gericht.

'Ik heb alleen gedaan wat je me opdroeg,' glimlachte hij.

De fotograaf maakte haar polsen los en bevrijdde ze uiteindelijk van alle touwen van bondage.

Er waren kleine rode vlekken op zijn polsen.

'Het spijt me. Misschien heb ik het iets te strak gemaakt.'

Ze schudde haar hoofd en deed haar masker af.

'Maak je geen zorgen. Ik denk dat ik te hard heb getrokken. En de vlekken zullen snel vervagen.'

"Sterke meid."

"Over stoer gesproken, is er een mogelijkheid voor extra werk?"

"Het hangt ervan af," antwoordde de fotograaf. 'Over een paar weken is er een kunsttentoonstelling. Als je portretten verkopen, zou ik je graag inhuren voor meer foto's.'

Ze lachte.

"Ik kijk er naar uit."

HOOFDSTUK II

Nadat ze zich had aangekleed, ging Samantha meteen naar haar slaapkamer.

Er was nog veel schoolwerk te doen.

De meest uitdagende les van het semester was haar cursus creatief schrijven, die zich richtte op het schrijven van volledige verhalen.

Dit was de klas waar hij het meest aan wilde werken, omdat het hem de kans gaf om te schrijven.

Ze hield van schrijven.

En op een dag wilde ze schrijfster worden.

Het belangrijkste was dat het hem een platform gaf om zijn eerste roman te schrijven onder leiding van een prominente professor.

Hij was een leraar die ze had bewonderd lang voordat ze haar klas bezocht.

Hij was een leraar die verschillende boeken had geschreven waar Samantha graag opgroeide.

Deze oude boeken hadden invloed op Samantha's schrijfstijl en ze was blij dat hij de kans kreeg om ze les te geven.

Ze was klaar met het schrijven van een schets voor het volgende verhaal dat ze op haar bed had verzonnen.

Hij moest het voor hun volgende ontmoeting naar de professor sturen.

Na uren schrijven en nadenken werd Samantha's trancetoestand geschokt toen er een paar keer op de muur werd geklopt.

Ze was zijn lieve kamergenote en beste vriendin sinds de middelbare school, alleen gekleed in een handdoek en haar haar pas gedroogd na een douche.

'Schrijf je nog steeds je spullen?' Vroeg Vicky.

"Oh zeker, ik ben er nog steeds mee bezig."

'Hoe zijn je foto's vandaag gegaan?'

Samantha stak haar duimen op.

"Redelijk goed."

"Ik zou graag het nieuwe boek zien."

'Wacht, laat me eens kijken of hij het al naar mij heeft gestuurd.'

Samantha opende snel haar Gmail-account en zag enkele nieuwe e-mails.

Er was een e-mail van de fotograaf die het bestand erin opende en downloadde.

Er waren in totaal achtendertig foto's.

'Ik stuur het je daar meteen naartoe,' zei Samantha. 'En laat me weten wat je ervan vindt. Persoonlijk vind ik het een heel goede zaak. Ik vind het leuker dan wat ik de vorige keer deed.'

Samantha waardeerde natuurlijk de mening van Vicky over de kwestie, aangezien haar vriendin zelf veel modellenwerk had gedaan en ze ook van plan was ooit als ontwerpster in de mode-industrie te gaan werken.

Vicky liet de handdoek vallen en bleef naakt staan.

'Ik zal het later bekijken. Heb je al gedoucht? Dit feest is over een uur.'

"Oh shit."

Vicky deed een beha aan.

'Het is een van die dagen, is het niet?'

"Verdomme, wacht."

Samantha opende snel haar e-mail en stuurde een sms naar de leraar.

Ze voegde het Word-document toe en publiceerde het.

Toen opende Samantha nog een e-mail en schreef snel een bericht naar Vicky.

Ze voegde het bestand met de achtendertig foto's van de onderdanige slaaf toe en stuurde de e-mail.

Toen sloot Samantha haar laptop en sprong uit bed.

Hij liep langs zijn halfnaakte kamergenoot naar de kleine badkamer, die een beetje vochtig was geweest sinds Vicky hem net had gebruikt.

Hij kleedde zich uit, stapte de douchecabine in en draaide de kraan open om een waterval van heet water te laten vallen.

Terwijl Samantha bezig was met het inzepen en shamponeren van haar haar, overwoog ze haar volgende schrijfproject en ontmoette ze de leraar.

Hij dacht erover na hoe hij zijn werk aan haar zou uitleggen.

Hoe ze het zou presenteren.

Hoe moet hij zichzelf uitdrukken?

De belangrijkste punten die je wilde overbrengen, zodat de leraar je gedachten zou begrijpen en je hopelijk de broodnodige goedkeuring en begrip zou geven.

Hij dacht ook aan kleine dingen, zoals wat hij aan zou trekken.

Ze wilde er elegant maar gedurfd uitzien zonder de verkeerde signalen af te geven.

Ze wilde er slim uitzien zonder te gespannen te zijn.

Hij wilde ook niet te simpel of gemakkelijk klinken, anders zou hij het respect van de leraar verliezen.

Ze moest er goed uitzien.

Misschien zou ik Vicky later om haar mening hierover vragen.

Samantha draaide de kraan dicht, droogde haar haar en ging terug naar de slaapkamer, waar Vicky al was aangekleed en haar eigen laptop gebruikte.

"Wat vind je van de foto's?" Vroeg Samantha en keek in haar kast.

'Bedoel je je brief?'

'Nee, natuurlijk op mijn foto's.'

'Nou, je hebt me per ongeluk je brief gestuurd,' schreef Vicky. 'Het ziet er best goed uit. Ik ben geen goede lezer, maar ik zou dit boek kopen als je het schrijft.'

Samantha verstijfde.

Zijn ogen werden groot en zijn maag zakte in elkaar.

Hij haastte zich naar zijn laptop en controleerde zijn Gmail-account.

Hij controleerde zijn verzonden e-mail om het bericht te zien dat hij naar de leraar had gestuurd.

Toen keek hij naar de bijlage.

"Oh God".

Ze bedekte haar mond met haar hand toen ze besefte dat ze de professor per ongeluk de achtendertig foto's van slavernij had gestuurd.

"Mijn ... leven ... is ... verpest", kreunde Samantha, terwijl ze op haar bed in elkaar viel en wilde huilen.

"Shit, heb je deze foto's net naar je leraar gestuurd?" Vicky lachte op een grappige manier.

Samantha verborg haar gezicht in het kussen.

"Ik wil er niet over praten."

"Kijk aan de goede kant. Als hij een normale jongen is, zal hij je waarschijnlijk een A geven voor de les. Het nadeel is dat je waarschijnlijk aan zijn lul zult moeten zuigen. Als hij niet sexy is, kun je het doen. Je weet het. jij, dat allemaal. leraar / student thema ".

'Ik zie hem morgen. God, ik hoop dat hij me niet zal aangeven omdat ik seks wilde aanvragen of zoiets. Ik zou van school kunnen worden gezet.'

"Is er een regel tegen het verzenden van inzendingsfoto's naar de docent?" Vroeg Vicky.

"Ik weet het niet."

'Nou, je hebt supersnel gedoucht. Misschien heb ik hem nog niet gezien. Waarom bel je hem niet en zeg je dat hij je e-mails niet moet lezen?'

Samantha ging rechtop zitten, met tranen in haar ogen.

"Jij bent een genie."

Hij zocht het mobiele telefoonnummer van de leraar op in het lesprogramma, maar in tegenstelling tot andere leraren was het er niet.

De enige manier van handelen zou zijn om te bidden dat je het nog niet hebt gezien.

Ze stuurde van tevoren nog een waarschuwing.

Ze stuurde een e-mail met het bijschrift: OPEN DE ANDERE E-MAIL NIET

"Leraar,

Ik ben Samantha Morgenochtend hebben we een afspraak. Ik heb je zojuist nog een e-mail gestuurd. Ik hoop oprecht dat je het niet hebt geopend. Zo niet, doe het dan alsjeblieft niet. Als dat zo is, spijt het me zeer. Het was een ongeluk.

Hier stuur ik je mijn brief.

Ik hoop dat deze fout onze academische relatie niet in gevaar brengt. Ik ben nog steeds van plan je morgen te zien om het schrijfproject te bespreken.

Beste wensen,

Samantha ".

Daarna voegde hij het schrijven toe aan het bestand en controleerde hij of hij het deze keer goed had gedaan.

Zodra het bericht was verzonden, viel Samantha weer op het bed.

Ze merkte dat haar handdoek opengebarsten was en haar linkerborst gedeeltelijk bloot lag, maar het kon haar niet schelen.

Hij had nog een feest voor zich.

Maar hij had geen idee of hij ooit weer plezier zou hebben.

HOOFDSTUK III

Net voor de ochtendbijeenkomst ging Samantha zitten door wat kleren uit haar kast te trekken.

Kaki broek, een wit overhemd met knopen en een donker gilet.

Informeel maar stijlvol.

Haar haar zat achterover in een paardenstaart en ze droeg minimale make-up.

Het laatste wat hij wilde, was erotische vibes uitstralen, vooral na die vreselijke e-mailfout die de professor ook niet beantwoordde.

Ze ging naar zijn kantoor in het geesteswetenschappelijk gebouw.

Daar aangekomen zag hij door de glazen deur de professor die met de computer achter zijn bureau zat.

Samantha was een beetje geïrriteerd dat de professor achter haar computer zat en dat hij nooit de moeite nam om haar een antwoordmail te sturen.

Nou, dacht hij, dat zou hem een deel van de onhandigheid hebben bespaard.

Hij klopte op de deur om haar aandacht te trekken.

'Op tijd', zei de professor. 'Doe de deur dicht en ga zitten.'

De professor was veel ouder dan zij.

Misschien was ze in de veertig of vijftig, twee keer zo oud.

Hij was heel knap met een streng en sterk gedrag.

Er was een vleugje wijsheid in hem die duidelijk maakte dat hij een zeer intelligent persoon was.

Hij deed de deur dicht en ging in de stoel voor het bureau van de professor zitten.

Hij zat rechtop en in een perfecte houding terwijl het onderwerp van de e-mail in zijn hoofd bleef hangen.

Ze vroeg zich af of hij erover zou beginnen of niet.

Tot dusver leek dit niet het geval te zijn.

In plaats daarvan legde de professor een stuk papier op het bureau.

Het was een papieren versie van Samantha's huiswerk met handgeschreven aantekeningen.

'Ik ben ouderwets,' zei hij. 'Ik schrijf liever op papier en maak aantekeningen met een pen. Zullen we nu beginnen?'

Ze knikte.

"Van nature."

"Ik kom ter zake, ik hou van je ideeën. Het verhaal van een jonge vrouw die haar weg in het leven vond, komt erg terug, maar dit is een nieuwe wending. Als ik het me goed herinner, zei je op de eerste dag van de cursus 'Je wilde toch romanschrijver worden?'

Ze knikte.

"Zo is het."

'En je zei dat je van deze roman je eerste roman wilde maken die je hopelijk ooit zult publiceren. Klopt dat?'

"Dat klopt helemaal. En dat heb ik je niet verteld, maar ik ben eigenlijk een grote fan van je boeken. Ze inspireren me. En ik stel je feedback erg op prijs."

'Ik waardeer de vriendelijke woorden,' zei hij op kalme toon. "Ik ben hier voor jou en al mijn andere studenten. Daarom werd ik leraar om al mijn kennis door te geven aan de volgende generatie schrijvers."

Samantha keek hem aan met een mengeling van bezorgdheid en angst, alsof ze diep vernederd was om daar gewoon te zitten.

"Er is iets fout?" vroeg de leraar.

Ze verzamelde haar moed.

'Heb je gisteravond de e-mails gelezen?'

'Natuurlijk wel. We zullen je typen bespreken, toch?'

Ze voelde zich een idioot.

'Niet deze e-mail. Ik verwees naar de andere e-mail die per ongeluk is verzonden. Er was een bijlage. Heb je deze gedownload?'

'Het is mijn taak om te zien wat de studenten me sturen. Dus ja, toen ik de bijlage zag, opende ik hem.'

"Heb je mijn foto's gezien?" Vroeg Samantha retorisch.

'In de koptekst van je e-mail stond dat het je huiswerk was. Ik ben geen gedachtenlezer, Samantha. Ja, ik heb je foto's gezien. Maar schaam je niet.'

Ze slaakte een zucht van verlichting.

'Dus je bent niet teleurgesteld in mij?'

"Waarom zou ik?"

'Omdat je student aan een prestigieuze universiteit poseert voor dit soort foto's.'

'Ik veroordeel mensen niet omdat ze andere wegen verkennen,' antwoordde hij. 'Dat is waar het leven om draait, is het niet? Zoek uit wat je leuk vindt en wat je niet leuk vindt, en neem dan beslissingen.'

"Heel erg bedankt."

"Waarom?"

'Bedankt dat je geen idioot bent,' zei hij. 'Excuseer mijn taalgebruik, maar ik weet zeker dat andere professoren aan deze universiteit me van school zouden hebben gestuurd. Of dat, of ze zouden om orale seks vragen of zoiets.'

'Eigenlijk stond ik op het punt om uw diensten aan te vragen.'

Ze was verrast.

"Ernstig?"

'Ik maak maar een grapje. Je hebt waarschijnlijk gelijk. Andere leraren hebben deze e-mail misschien geïnterpreteerd als een seksueel verzoek. Maar ik ben niet zoals andere leraren. Ik begrijp dat mensen fouten maken met e-mails.'

'Hoe zit het met de foto's zelf?' Zij vroeg. 'Denk je dat het een vergissing van mij is?'

"Zij doen?"

Samantha zat rechtop en uitdagend.

'Nee, ik weet het niet. Ik ben trots op de foto's die ze van me hebben gemaakt. Ik vind ze mooi en artistiek.'

'Als u dat denkt, over wie moet ik dan oordelen?'

'Ik ben blij dat we dat hebben ontdekt,' antwoordde ze opgelucht.

'Waarom neem je dat niet op in je roman? Je hebt gezinspeeld op seksualiteitskwesties voor het verhaal dat je wilt schrijven. Dus waarom zou je daar niet iets van opnemen? Je hoeft niet in detail te treden, maar praat over je eigen verkenning.'

'Eerlijk gezegd weet ik niet of ik het kan.'

"Heb je enige levensstijlervaring met deze foto's?", Vroeg hij.

Zij schudde haar hoofd.

"Niet echt ".

"Waarom niet, als ik het mag vragen?"

Samantha dacht even na.

"Ik heb nog nooit iemand gevonden die ik kan vertrouwen. Ik bedoel, seks hebben is één ding, maar onderwerping is iets anders. Ik denk dat het veel intiemer is en alleen met de juiste persoon mag worden gedeeld."

"Daarom vind ik je leuk. Je bent slim, getalenteerd en sterk. Er zijn veel idioten. Maar een echte relatie tussen meester en onderdanige is gebaseerd op vertrouwen en genegenheid. De meester moet de onderdanige respecteren. Er moet vertrouwen zijn. Alleen dan een Onderdanig kan volledig vrij zijn om los te laten. "

Er verscheen een glimlach op haar gezicht.

"Hoe weet je dat allemaal?"

"Meestal praat ik er niet over, maar ik ben een meester geweest voor verschillende vrouwen in mijn leven. De vrouwen waren erg onderdanig en gaven me volledige gehoorzaamheid. In ruil daarvoor zorgde ik emotioneel en seksueel voor ze. Het waren relaties die waren gebaseerd op vertrouwen en." wederzijds begrip. "

Even was Samantha onder de indruk.

Ze verwachtte dat de afspraak op kantoor pijnlijk ongemakkelijk zou zijn.

In plaats daarvan kreeg ze een seksueel gevorderde lerares die ze blijkbaar begreep.

'Oké,' zei ze. 'Ik denk dat hij gelijk heeft. Het is logisch om een aantal van deze dingen in mijn schrijfproject op te nemen. Niet alles over slavernij natuurlijk, maar zelfreflectie en ontdekking.'

De leraar vouwde het papier op.

"Nu heb je niet al mijn aantekeningen nodig omdat het verhaal is veranderd. Maar neem ze mee. Ik stel voor dat je een nieuw verhaal zoekt voor de tweede helft van je roman, samen met een nieuw einde. Veel studenten vinden deze cursus op zichzelf. inzichtelijk. Je leert over jezelf terwijl je schrijft. Dat is wat ik leuk vind aan lesgeven. '

Een gevoel van teleurstelling overviel Samantha toen de juf het opgevouwen papier voor haar neerlegde.

"Is onze bijeenkomst voorbij?" Zij vroeg.

'Ja. Natuurlijk moet je delen van je verhaal veranderen, dus mijn opmerkingen daar zijn in wezen nutteloos.'

'Kunnen we elkaar nog een keer ontmoeten? Ik wilde nog steeds met je praten over wat schrijftips.'

'We kunnen de brief bespreken zodra je je complot hebt afgerond.'

Samantha kreeg een nieuw gevoel van vertrouwen en begrip.

Het was als een openbaring.

Zijn liefde voor slavernij en schrijven kwamen blijkbaar voor het eerst samen.

Ze knikte.

'Bedankt voor alles. Jij bent de beste.'

'Waarom heb ik het gevoel dat je iets van plan bent?'

'Gewoon mijn eerste roman,' glimlachte hij.

'Ik meende wat ik zei. Ik vind het leuk dat je voorzichtig bent met je fantasieën en je lichaam. Als er maar één ding is dat ik je kan leren,

zou het zijn om niets stoms met je lichaam te doen. Respecteer jezelf.
Dat is het belangrijkste dat ik een jonge vrouw als jij kan leren. '

Op dat moment voelde Samantha iets voor de juf.

Ze voelde het in haar hoofd, in haar hart en tussen haar benen.

Zij wist

En de leraar zag wat hij ervan moest denken.

TWEEDE DEEL
DE FOTO'S

74

HOOFDSTUK I

Een paar weken gingen voorbij.

Met het succes van de kunstgalerie vroeg de fotograaf Samantha om terug te keren naar de studio voor meer foto's, en ze stemde daar graag mee in.

Het was zijn kans om aan de stress van het leven te ontsnappen en zich over te geven aan een fantasie.

Het geld dat hij ervoor zou krijgen, was ook prima.

Als garderobe droeg ze een kleine zwarte outfit die bestond uit een leren beha en slipje.

Hij droeg ook zwarte laarzen.

Ten slotte droeg hij vooral het kleine zwarte masker.

God verhoede dat iemand ze herkende.

Toen ze haar outfit en masker aantrok, was Samantha opgewonden toen ze zich voorbereidde op de fotoshoot.

Op een vreemde manier begreep ze de behoeften van verslaafden.

Dat was zijn verslaving.

Iets waar hij emotioneel en fysiek naar verlangde.

Toen ze klaar was, ging ze naar de studio waar de fotograaf zijn camera aan het voorbereiden was.

De lichten, accessoires en achtergronden waren al op hun plaats.

Ze hadden hun gebruikelijke gesprekken en grappen.

Samantha sprak haar dankbaarheid en geluk uit dat de andere portretten goed waren verkocht.

De fotograaf wees erop dat alles aan haar te danken was.

'Gaan we verder waar we gebleven waren?' vroeg de fotograaf, terwijl hij de camera in zijn hand hield, met de riem om zijn nek.

"Eigenlijk wil ik vandaag iets anders proberen."

Hij leek ervoor open te staan.

'Heb je iets aan je hoofd?'

'Niet echt. Ik weet het niet. Maar ik voel me wat avontuurlijker.'

Hij dacht even na.

'Wat dacht je ervan om meer huid te laten zien? Ik weet dat je je altijd zorgen hebt gemaakt, maar meer huid helpt meestal bij de verkoop.'

Na een korte aarzeling trok Samantha de linkerkant van de beha naar beneden om haar kleine roze tepel gedeeltelijk bloot te leggen.

"Wat is ermee?" Zij vroeg.

Hij bleef professioneel.

'We kunnen het zo doen. Zeker. Hoe zit het met slavernij? Zoals vroeger?'

'Handen achter mijn rug deze keer. En op mijn knieën. Ik hou ervan hoe kwetsbaar ik eruitzie.'

'Zit er vandaag iets in je koffie?' hij maakte een grapje.

'Laat los. Het enige dat gebeurt, is dat ik een vrouw ben die een idee heeft.'

'Wat je ook zegt. Ik hou van dat idee. Laten we daarmee beginnen. Ik bind je polsen van achteren vast.'

De fotograaf liet de camera zakken en hing hem om zijn nek.

Toen ging hij voor de touwen.

Samantha draaide zich om en legde haar handen op haar rug.

Voordat hij de touwen voor haar bond, hield ze hem tegen.

"Wacht, wacht even."

Samantha reikte naar voren en liet ook de rechterkant van haar beha een beetje zakken, waardoor haar twee kleine roze tepels zichtbaar werden.

Daarna legde hij snel zijn handen weer op zijn rug.

'Oké, nu ben ik er klaar voor,' zei ze.

De fotograaf bond het touw vast en legde een knoop en voegde zich bij Samantha's handen.

Dit gaf haar een vreemd gevoel van voldoening, vooral nu haar tepels zichtbaar waren.

'Nu zijn we klaar om te gaan. Geef me een pose. Aangezien je vandaag avontuurlijk bent, laat ik je improviseren. Doe wat je wilt.'

Samantha confronteerde de fotograaf, die een paar stappen achteruit deed en begon met fotograferen.

Het maakte haar raar dat een man foto's zou maken van haar blote tepels terwijl haar handen vastgebonden waren.

Het was zo opwindend en ze voelde een geroezemoes tussen haar benen en een tintelend gevoel in haar tepels.

Hij kon niet veel met zijn armen doen.

En ze was eraan gewend om instructies te ontvangen tijdens het modellenwerk.

Het begin was dus een beetje lastig.

Beetje bij beetje raakte hij eraan gewend door zijn schouders, heupen en voeten te bewegen om verschillende houdingen te vormen.

Toen knielde hij neer.

Een kwetsbare houding.

Hij nam verschillende foto's vanuit verschillende hoeken.

Ze rolde op haar zij.

Hij nam meer foto's van haar.

Ze rolde zich om en drukte haar buik en tepels op de grond.

Hij nam foto's van haar kont.

Toen rolde ze op haar rug, handen op haar rug gebonden, tepels in de lucht.

Hij nam meer foto's van haar en kreeg een adrenalinestoot.

Godzijdank voor het masker dat hem in staat stelde zijn identiteit te behouden toen deze afbeeldingen in verschillende kunstgalerijen werden gepubliceerd, gezien door god weet hoeveel mensen.

Exhibitionisme was een vreemde emotie voor haar.

Maar niet zozeer als onderwerping.

HOOFDSTUK II

Na een korte masturbatiesessie in haar slaapkamer waste Samantha haar handen en ging in haar bed zitten.

Ze zat rechtop met haar rug tegen het kussen en de laptop op haar schoot.

Vers van de fotoshoot was ze gewapend met nieuwe emoties en ervaringen, wat perfect was voor een amateurschrijver zoals zij.

Hij opende het tekstverwerkingsprogramma en zette zijn schrijftaak voort, die ook de basis zou vormen voor zijn eerste roman.

Ik had meerdere pagina's klaar.

Tijdens het schrijven van Samantha kwam ze een obstakel tegen.

Hij vroeg zich af hoeveel van zijn persoonlijke leven hij zou gebruiken.

Hij vroeg zich af hoeveel het personage in het verhaal zou verkiezen om te verkennen.

En wat onderzoeken?

Samantha's fantasie was seksuele onderwerping.

Dat was waar ze altijd naar had verlangd.

Ze wilde dat.

Maar als je dat in het boek zet, zullen je familie en vrienden je innerlijke gedachten ervaren omdat ze het allemaal zouden lezen.

Je zou je afvragen of Samantha een puur fictief verhaal aan het schrijven was, of dat ze haar eigen wensen uitte en het boek gebruikte als communicatiemiddel.

Het was het dilemma van de schrijver.

Gelukkig kende ze de man met wie ze erover kon praten.

Hij opende zijn Gmail-account en ontdekte dat hij twee e-mails had.

De ene van een vriend, de andere van de fotograaf die zojuist de laatste foto's had gemaild die ze eerder die dag samen hadden gemaakt.

Maar dat was op dit moment niet belangrijk.

Ze schreef een bericht met een directe koptekst: kunnen we afspreken?

"Hallo leerkracht,

Ik hoop dat je goed bent. De voortgang van mijn schrijftaak is gestaag, maar ik ben op een wegversperring gestuit met betrekking tot het verhaal.

In het bijzonder heb ik problemen met hoeveel van mijn persoonlijke leven ik in mijn leven moet opnemen. En ja, ik verwijs naar het onderwerp dat we een paar weken geleden in uw kantoor bespraken. Ik weet zeker dat je begrijpt hoe ik me hierdoor zou moeten voelen.

Help me alstublieft!

Samantha "

Hij heeft het bericht gestuurd.

Ze las vervolgens de e-mail van haar vriend en stuurde snel een antwoord.

Ten slotte opende hij de e-mail van de fotograaf, die een korte opmerking en een bijlage met in totaal achtenzestig afbeeldingen bevatte.

Ze downloadde het bestand en bekeek snel de foto's.

Het was een beetje onwerkelijk om jezelf zo te zien.

Handen op zijn rug gebonden.

Het masker dat zijn identiteit verborg.

En haar tepels blootgelegd.

De foto's van haar op haar knieën en op haar rug waren opwindend.

Liefhebbers van erotische kunst zouden dergelijke foto's zeker kopen bij de volgende tentoonstelling op kunsttentoonstellingen.

Ze waren briljant gedaan, dacht Samantha.

Hij vroeg zich even af of hij dezelfde foto's naar de professor moest sturen.

Misschien wil hij haar ook zien.

Hij begrijpt duidelijk Samantha's keuzes, die ze ten zeerste waardeerde.

Deze afbeeldingen waren ook enigszins relevant voor haar schrijfopdracht, omdat ze uitingen waren van haar eigen seksualiteit en verkenning.

Samantha schreef nog een e-mail met een korte koptekst en een kort bericht voor de leraar.

Hij voegde de achtenzestig foto's die de fotograaf die dag had gemaakt bij het bestand.

Hij stuurde zijn leraar meer foto's van slavernij, maar deze keer was het opzettelijk, niet per ongeluk zoals voorheen.

Zijn vinger bleef op de verzendknop in de e-mail.

Ze aarzelde.

Vervolgens heeft hij de e-mail volledig verwijderd.

Wat zou de professor denken als ze hem nog meer bondagefoto's zou sturen?

Ze heeft hem waarschijnlijk uitgelachen, dacht ze, toen hij haar vertelde dat de andere man een vergissing was.

Of dat ze wanhopig probeerde hem te verleiden.

Er is een e-mail ontvangen.

Het was een antwoord van de professor:

"Natuurlijk ben ik morgen om negen uur vrij. Ik geef 's ochtends om tien uur een andere klas, dus de tijd is beperkt.

Stuur me je verhaal. Ik lees het vanavond en we kunnen het morgen bespreken.

Leraar "

Dingen waren in beweging en de wielen waren in beweging.

Ze antwoordde per e-mail met een bijlage bij haar verhaal.

Ze vroeg zich af wat hij zou denken.

HOOFDSTUK III

De volgende ochtend.

De deur naar het kantoor van de professor stond open.

Zoals altijd leek hij te werken en keek hij naar wat papieren op zijn bureau.

Samantha had zich net zo gekleed als de laatste keer dat ze elkaar ontmoetten.

Enigszins casual, maar stijlvol. Niet erg sexy, niet te preuts.

Ze wilde niet de verkeerde signalen afgeven, vooral niet waar ze ruzie mee zouden krijgen.

Nadat de leraar op de deur had geklopt, zag hij de student en nodigde haar uit om binnen te komen.

Ze wisselden een paar grappen uit terwijl ze tegenover hem aan het bureau zat.

Natuurlijk hadden ze vaak in de klas gesproken, maar een besloten bijeenkomst was altijd bijzonder.

'Heb je alles gelezen?' Zij vroeg.

'Dat deed ik. En ik vond het erg leuk,' antwoordde hij. 'Een solide baan. Je hebt een goed talent. Ik denk dat je kracht als schrijver je realisme is. De personages hebben een grote diepgang.'

De trots barstte los in Samantha, maar ze wist het te bedwingen.

'Bedankt. Ik heb er veel over nagedacht.'

'Dat weet ik zeker. Als schrijfopdracht is dit waarschijnlijk een baan op A-niveau,' legde hij uit. 'Maar daar ben je toch niet tevreden mee? Je wilt schrijver worden.'

"Zo is het."

De leraar haalde wat papieren tevoorschijn.

'Ik heb enkele aantekeningen gemaakt die ik met je wilde bespreken. Dit zijn eenvoudige voorbeelden om je beschrijvingen en zijverhalen uit te breiden, zodat je een goed boek kunt afmaken. Ik verwacht echter niet dat je dat nu doet. Eerlijk gezegd.' Als elke student me een lange roman zou overhandigen, zou ik verslonden zijn bij het lezen. '

Samantha pakte de papieren en haar ogen lazen snel de aantekeningen.

"Dat is ongelooflijk. Dank je."

'Je hoeft me niet te bedanken.'

'Doe je dit voor alle studenten?' Zij vroeg.

"Alleen voor studenten die romanschrijver worden en die extra kritiek willen. Ik sta altijd klaar om hierbij te helpen."

'Heb je ooit met een student geslapen?' vroeg hij botweg, de mogelijke gevolgen negerend.

"Waarom vraag je me dit?"

"Ik doe karakteronderzoek voor mijn schrijfopdracht."

Hij glimlachte.

'Is dat zo? Je bent een heteroman, wist je dat?'

'Verlegen meisjes kunnen zo niet naar school. Dat is zeker.'

'Daar heb je waarschijnlijk gelijk in.'

"Dus wat is het antwoord?"

"Ik heb het een paar jaar geleden met een student gedaan", antwoordde hij. 'Maar vergeet niet dat ik geen stalker was. Ik heb nog nooit een student gestalkt.'

"Dus hoe is het gebeurd?"

'Laten we zeggen dat we een gemeenschappelijke vriend hadden en we ontmoetten elkaar op een feestje. Een swingersfeestje. We hadden allebei dezelfde interesses. Ze was een fervent onderdanige. Ik was een doorgewinterde meester. De rest kun je je voorstellen.'

"Interessant."

'Staat dat echt in je verhaal?'

'Waarschijnlijk', antwoordde ze. "In mijn verhaal gaat de jonge vrouw een relatie aan met een veel oudere man die veel meer levenservaring heeft."

'Ook leuk, hoop ik.'

"O ja."

"Nu we het er toch over hebben, je hebt in je e-mail iets gezegd over hoe je je persoonlijke leven in je verhaal kunt opnemen."

Samantha knikte.

"Dat klopt. Mijn hart en geest willen het verhaal in dezelfde richting sturen. Het punt is, die richting heeft betrekking op seks. De meeste jonge mensen gaan door deze fase waarin ze gewoon seks en de verkenning van schoonheid willen ontdekken. Ik." denk dat het daarom overgaat in mijn schrijven. "

'En je bent bang dat mensen je zullen beoordelen op de inhoud van je verhaal.'

'Precies. Heb je hetzelfde meegemaakt met je boeken?'

'Tuurlijk. Maar het is anders. Ik ben een man. Je bent een jonge vrouw. De maatschappij heeft andere normen voor ons als het om seks gaat. Maar als je hier een antwoord van mij over wilt, dan spijt het me, dat kan.' geef je geen antwoord. Dit moet van jou zijn. Dit is jouw kunst, jouw verhaal, niet de mijne. "

Samantha dacht even na en knikte.

"Kan ik je wat laten zien?"

"Van nature."

"Wacht even."

Samantha pakte haar mobiele telefoon en doorzocht haar foto's.

Toen gaf hij de professor zijn mobiele telefoon.

'Ze zijn van een fotoshoot die ik gisteren heb gemaakt,' zei hij. 'Ik heb het je gisteren bijna gestuurd, maar ik vond het niet gepast.'

Hij controleerde de expliciete afbeeldingen.

'Dus waarom denk je dat het nu gepast is?'

'Omdat ik je mening waardeer. En ik wilde je laten zien dat ik je advies van de vorige keer heb opgevolgd. Je zei dat ik mijn lichaam moest respecteren. Nou, dat deed ik. Dat doe ik. Deze poses waren mijn idee . Dit is mijn fantasie en mijn seksuele expressie. Als een gezonde jonge vrouw. "

De professor keek weer naar de foto's aan de telefoon.

'Je ziet er beslist uit als een gezonde jonge vrouw.'

Hij gaf haar de telefoon terug en Samantha stopte hem weg.

"Mag ik je een persoonlijke vraag stellen?"

'Waarom niet? We zijn al persoonlijk.'

Ze slikte.

'Wat zou je als meester met je onderzeeboot doen als ze in deze positie zat? Op haar knieën met vastgebonden handen.'

"Is er een specifieke reden die u wilt weten?"

'Ik ben gewoon nieuwsgierig. Het zal me helpen om huiswerk te schrijven, omdat ik zou begrijpen wat een echte meester zou doen in deze situatie.'

Hij dacht even na.

Misschien dacht hij eraan wat hij ging doen.

Misschien vroeg hij zich af of hij het wel of niet moest zeggen.

Samantha wist het niet.

Ten slotte gaf de professor zijn antwoord:

'Ik zou je nek trainen.'

Ze was even verrast.

"Ik, ik denk dat je bedoelt ..."

'Diepe keel. Sorry voor de taal, maar dat zou ik doen. Het is het meest voor de hand liggende in deze positie, nietwaar? Je zit op je knieën. Met je handen op je rug gebonden, kun je mijn mond niet weerstaan. "

Samantha voelde haar kutje samentrekken.

"Dat is zeker logisch."

"Nou, zo creëer je een goed verhaal. Je stelt je alle scenario's voor en wat er daarna zou gebeuren. Hoe de verschillende personages in elke situatie zouden reageren. Zo zou je moeten denken."

"Ik weet."

Hij trok een wenkbrauw op.

'Je lijkt meer van je hele verhaal te hebben dan je me hebt gemaild.'

'Ik heb alles naar hem gestuurd,' zei hij met een speelse uitdrukking. "Ik heb ook veel ideeën, maar ik heb ze nog niet geschreven. Ik moet de angst overwinnen dat mensen mijn gedachten zullen kennen."

"Auteurs kunnen de grenzen niet overschrijden als ze zich zorgen maken over wat mensen denken. Dat is zeker."

'Heb je daar tips voor?' Vroeg hij met een ietwat hoge stem, alsof hij iets suggereerde.

"Nou, ik heb al mijn romans op dezelfde manier geschreven, om het best mogelijke verhaal te produceren dat ik wilde vertellen, en in de hoop dat mensen ze graag zouden lezen."

"Klinkt logisch."

"Maar ik zal het je niet aanbevelen, gezien de aard van wat we hebben besproken," voegde hij eraan toe. "Het moet jouw beslissing zijn wat voor soort verhaal je gaat vertellen, hoe eerlijk het is en hoeveel seks je opneemt."

'Wat als ik de grens wil overschrijden?'

'Dat is jouw beslissing. Maar zoals ik al zei, wees niet dom. Deze wereld is vol met mensen die je voor seks willen gebruiken.'

"Wat als ik gebruikt wilde worden? ""

De professor keek haar recht in de ogen.

Ze keek hem aan.

Geen van hen was onwetend.

Ze wisten precies wat er door elkaars hoofden ging.

'Ik ben te oud voor spelletjes, Samantha,' zei de professor. "Ik ben al vrijgevig geweest met mijn tijd en feedback. Dus als je iets meer van me wilt, speel dan niet rond, wees gewoon een volwassen vrouw en zeg het."

Samantha voelde haar borstkas strak trekken.

Ze ademde harder in en uit.

'Wil je me helpen? Wil je het me leren?' Zei hij zelfverzekerd.

'Wat precies laten zien?' vroeg hij scherp, als een leraar die een slechte leerling beledigt omdat hij te vaag is. "Wees duidelijk."

"Wil je mijn meester zijn?"

"Deze keuze is een geschenk", zei hij. "Je moet zorgvuldig kiezen."

Ze haalde diep adem.

'Heb ik net een vreselijke fout gemaakt? God, ik ben een idioot. Het spijt me zo. Alsjeblieft, ik smeek je, laat dit onze academische relatie niet verpesten. Ik wil echt met je blijven werken.'

"Ben je luid als je orgasmes hebt?" vroeg hij botweg.

"We vinden het jammer?"

'Het is een simpele vraag. Ik denk dat je me goed hebt gehoord.'

Ze schraapte haar keel.

"Ik ben bijna normaal. Maar het hangt natuurlijk allemaal af van mijn humeur en mijn gevoelens."

"Til je shirt op en dan je beha om je tepels te laten zien, zoals op deze foto's."

Het was het moment van de waarheid.

De eerste keer dat Samantha zich aan een man onderwierp.

Hij tilde zijn zorgvuldig gestreken overhemd op en liet zijn blote buik zien.

Dan hoger om haar witte beha te onthullen die haar ietwat gestoorde borsten bevatte.

Toen tilde ze haar beha op en onthulde haar kleine roze tepels.

'Is dat jouw idee om mij te domineren?' vroeg ze, hem bijna uitdagen om meer te doen.

'Het is een begin. Wil je verder gaan?'

"Ja."

'Speel met je tepels. Knijpen. Knijpen. Ik zou het leuk vinden als je het doet.'

Samantha gehoorzaamde de leraar.

Ze kneep en kneep in haar kleine roze tepels terwijl ze elkaar in de ogen bleven kijken.

"Is dat mijn inwijding?" Zij vroeg.

'Niet echt. Nog niet.'

Ze bleef haar tieten strelen.

"Het is niet?"

"Ten eerste moet ik zien hoe dapper je bent. Een fotoshoot is één ding, het echte leven is iets anders", zei hij. "Open je broek. Speel met je blote vagina voor mij. Precies daar. Kom tot een orgasme, maar doe rustig aan. Dan bespreken we hoe je je grenzen verder kunt verleggen."

Ze knoopte haar broek los.

"Ik kan het doen."

'Voelt u zich er ongemakkelijk bij?'

'Het is een beetje vreemd,' antwoordde ze met een lichte schouderophalen. "Maar het is spannend."

Met haar broek losgeknoopt, liet ze haar rechterhand over haar slipje glijden en wreef ze over haar klit.

Ze hielden oogcontact terwijl ze masturbeerde alsof het een uitdaging was.

"Wat denk je?" Ik vraag.

"Wil je het echt weten?"

"Ja natuurlijk."

Samantha bleef spelen met haar clit.

'Ze doen allebei samen een fotoshoot. Een bondage-shoot.'

"Wat zullen we doen?"

'Je zou me vastbinden. Dan zou je mijn nek trainen.'

"Hard of zacht?"

Ze lachte.

'Waarom vertel je het me niet?'

"Ik ben altijd aardig," antwoordde hij, terwijl hij zag hoe zijn student voor hem masturbeerde. "Ik neem liever mijn tijd en ga langzaam. Als ik je deepthroat, zou het vreemd romantisch zijn. Ik zou heel langzaam gaan. Zorg ervoor dat je de juiste hoeveelheid kunt nemen. Als je eraan gewend bent, zou het iets zijn ga sneller, een beetje harder ".

Samantha wreef sneller over haar klitje en luisterde naar haar leraar.

Ze stelde zich het scenario voor dat hij vertelde toen hij sprak.

"Oh god," hijgde hij, sneller over zichzelf wrijvend.

'Ik denk dat je klaar bent om onderdanig te zijn. En misschien wil ik je meester zijn.'

Samantha hapte weer naar adem toen ze een climax bereikte.

Er was geen schaamte of gelijkenis toen ze kwam en de professor in de ogen keek.

Hij was even bijna buiten adem toen zijn lichaam zich spande en toen liet hij los.

Ze huiverde een beetje toen het allemaal voorbij was.

De leraar stond op en liep naar de student die nog steeds herstellende was van haar orgasme.

'Goed gedaan,' zei hij.

De lerares deed Samantha's beha aan en stopte haar borsten om haar tepels te bedekken.

Toen liet hij haar shirt zakken en zorgde ervoor dat het mooi en netjes was.

Toen hielp hij haar haar broek dicht te knopen.

Toen de lerares Samantha aantrok, zag ze er gloednieuw uit, met een heldere uitdrukking en ietwat vochtige vingertoppen.

"Wat is het volgende?" Zij vroeg. "Voor ons."

'Volgende? Ik heb binnenkort les. Ik moet gaan. En als ik me niet vergis, heb jij binnenkort ook les.'

"Ik heb het gedaan."

"Wil je elkaar nog een keer ontmoeten?"

Ze knikte.

"Dat wil ik."

'Gewoon om je schrijfopdracht te bespreken?'

Ze aarzelde met trillende stem.

"Ik wil, weet je, doorgaan. Mijn opleiding. Deze ervaring is nuttig in mijn schrijfproces."

"En wat nog meer?"

Ze wist precies wat de juf wilde horen.

'En dat vind ik heel spannend', antwoordde ze eerlijk. 'Het is mijn grote fantasie. Ik kwam voor je en dacht aan je. Ik wil je onderdanig zijn.'

'Maandag. Kom 's ochtends om zeven uur naar mijn kantoor. '

"Waarom zo vroeg?"

'Als je per ongeluk schreeuwt, wil ik niet dat iemand het hoort.'

Samantha's ogen werden groot en haar kutje klemde zich op elkaar.

HOOFDSTUK IV

In het weekend nam ze deel aan een andere fotoshoot met dezelfde fotograaf.

In dezelfde studie.

Met dezelfde accessoires.

De beelden waren riskanter toen ze vertrouwd raakte met haar onderdanige seksualiteit en voorkeuren.

Ze vroeg om de snaren aan te halen.

Ze wilde proberen te voelen hoe het was om echt onderdanig te zijn.

En dat is precies wat ze deed.

Het eindresultaat was erg erotisch maar met goede smaak gedaan.

Samantha lag weer op haar knieën, polsen voor haar vastgebonden en een zwart masker op haar gezicht.

Tijdens de fotoshoot straalde ze in alle fysieke uitdrukkingen die ze uitvoerde een hoog niveau van sensualiteit uit omdat ze constant dacht dat de leraar haar aan het trainen was.

Terug in de slaapkamer typte Samantha met grote intensiteit op haar laptop en zat ze op haar bed in haar favoriete typepositie, met haar rug tegen het kussen.

Zijn kamergenoot, Vicky, lag op het naastgelegen bed en droeg alleen een T-shirt.

Toen Vicky haar lichaam strekte, werd haar kutje blootgelegd, maar ze waren inmiddels allebei aan elkaars lichaam gewend.

'Je hoeft alleen maar te schrijven,' zei Vicky. 'Verveel je je nooit van dat ding?'

Samantha bleef schrijven.

"Onder geen omstandigheid."

'Je zult dit semester waarschijnlijk goede cijfers halen voor alles wat je hebt geschreven. Kom op, laten we hamburgers en shakes gaan eten.'

'Ik moet op mijn dieet letten.'

"Eet dan gewoon de burger en sla de shake over."

Samantha zweeg even en keek naar haar kamergenoot.

'Het is geen slecht idee. Het is te lang geleden dat ik voor het laatst een hamburger heb gegeten.'

'Mijn cadeau. En ik ken de plek precies,' zei Vicky terwijl ze uit bed sprong.

Samantha stond op het punt haar laptop te sluiten toen ze zich iets herinnerde.

Ze zocht de foto's.

'Wacht, kan ik je heel snel iets laten zien?'

Vicky liep erheen en bekeek de expliciete afbeeldingen op de laptop.

Foto's van een gedeeltelijk naakte Samantha op haar knieën, met vastgebonden polsen en opvallende sensuele poses.

'Verdomme,' riep Vicky uit. "Ben je het echt?"

"Ja."

"Ik had geen idee dat je zo zou kunnen zijn ..."

"Sekssymbool?" Grapte Samantha. 'Ik probeer deze pagina verborgen te houden.'

Vicky lachte.

'Nou, wat je ook doet, ga zo door. In dit tempo heb je niet eens een universitair diploma nodig, je zou een professioneel model kunnen worden.'

"Ik geef de voorkeur aan mijn huidige professionele carrière."

'Wat voor jou ook werkt. In de tussentijd heb ik honger. Laten we ons aankleden.'

Samantha zag haar kamergenoot naar de kast lopen, haar shirt uittrekken en haar helemaal naakt achterlaten.

Zoals altijd was Samantha een beetje onder de indruk dat Vicky gezegend was met grote, opvallende tieten op de borstafdeling, maar Samantha probeerde niet jaloers te zijn.

Ze voelde zich ook een beetje schuldig omdat ze haar kamergenoot niet had verteld over de situatie met de leraar.

Sinds de middelbare school zijn ze overal eerlijk in geweest, vooral de jongens.

Ze hielden nooit geheimen voor elkaar.

Maar dat was anders.

De lerares liet Samantha beloven het aan niemand te vertellen, en Samantha hield altijd woord.

Voordat Samantha uit bed kwam, opende ze snel haar Gmail-account en schreef ze een bericht voor haar leraar.

Ze nam de laatste versie van haar schrijfopdracht op.

Daarna voegde hij de laatste foto's toe van de slavernij die hij die dag had gemaakt.

Slim.

Samantha legde de laptop weg, kleedde zich uit en kleedde zich uit naast haar kamergenoot.

Ik moest dringend iets eten vol calorieën.

DERDE DEEL
DE TOUWTJES

HOOFDSTUK I

Tegen de tijd dat ze maandagochtend arriveerde, maakte Samantha zich niet langer zorgen over haar outfit of uiterlijk.

Niet zoals de andere keren dat hij de professor had ontmoet.

Ze was er al aan gewend de leraar privé te zien en had al voor hem gemasturbeerd.

Ze droeg een eenvoudige blouse, paardenstaarthaar en lichte make-up op haar gezicht.

Het was te vroeg om nog iets anders aan te trekken.

Er waren ook de korte instructies die de leraar hem de avond ervoor had gemaild.

Hij vroeg haar om een korte rok te dragen en geen slipje.

Een verzoek dat ze graag wilde vervullen, ook al had ze geen idee wat er ging gebeuren.

De professor arriveerde rond dezelfde tijd bij het gebouw.

Er was op dit moment van de dag bijna niemand in de buurt.

Ze droeg haar gebruikelijke kantoortas, waar meestal haar laptop en klasboekjes in zaten, en de sleutels om de deur van haar kantoor te openen.

Tegen die tijd was hun relatie informeel geworden en toen ze elkaar zagen, vroegen ze zich af over elkaars weekend.

Samantha had het gevoel dat ze een beetje flirterig met hem begon te worden, en de leraar was een stuk minder streng dan in de klas.

De professor deed de deur op slot zodra ze het kantoor binnenkwamen, wat ongebruikelijk was omdat hij hem nooit op slot hield als ze binnen waren.

Toen ze tegenover elkaar gingen zitten, veranderde het gesprek.

'Ik heb je document gelezen,' zei hij. 'En ik heb je foto's gezien.'

Dit maakte haar nerveus om de een of andere reden die ze niet kon verklaren.

Ze probeerde het feit te verbergen dat ze even friemelde, omdat ze hem geen zwakte wilde tonen.

'Wat vond je hiervan?'

"Ik denk dat je goed schrijft. De structuur van het verhaal is goed. Onberispelijke grammatica. Je hebt een goed begrip van de Engelse taal en ik vind het leuk dat je de beschrijvingen afwisselt. Het belangrijkste is dat het verhaal en de personages goed ontwikkeld zijn. Het voelt autobiografisch aan. Het leeft. Dat vind ik leuk. "

Op elk ander moment zou Samantha volkomen gevleid zijn geweest door de prijzen die ze zojuist had gekregen van een leraar die ze diep respecteerde.

Maar nu ze zonder slipje zat, was dat het laatste waar ze aan dacht.

"Wat vind je van de foto's?"

'Je bent een mooie jonge vrouw, Samantha,' zei hij. 'Dat is wat ik altijd van je dacht.'

'Je wilde dat ik hier om zeven uur' s ochtends kwam als er niemand anders in de buurt is. Je zei dat ik een rok moest dragen. En ik draag ook geen slipje. '

'Dus je kwam hier gewoon om je te laten trainen, toch?'

Ze knikte.

"Ben ik belachelijk?"

"Sta op en kijk vooruit."

Samantha stond op, trok haar shirt en rok aan om het er netjes uit te laten zien en keek voor zich uit.

De lerares stond ook op en benaderde haar, bekeek haar mooie jonge gezicht aandachtig en probeerde haar gezichtsuitdrukkingen te lezen.

Samantha's lippen leken samen te trekken.

Zijn lichaam was gespannen en stijf, maar er was een lichte glans in zijn ogen, alsof hij er lang op had gewacht.

'Ik vind je echt leuk Samantha,' zei hij. "Je bent slim, gemotiveerd, erg aardig en mooi."

'Bedankt,' zei ze bijna fluisterend.

'Ik moet je zeggen dat ik het leuk vind om meester te zijn. Ik neem dat heel serieus. En ik geef mijn bedienden altijd de grootste zorg.'

Knecht? Samantha vond het leuk waar dit naartoe ging.

'Ik begrijp het,' antwoordde ze.

'Hoe zit het met jou? Vanwege ons leeftijdsverschil en mijn positie op de universiteit, zullen we nooit kunnen daten. We zullen nooit romantisch kunnen worden. Vind je dat erg?'

'Ik kan een geheim bewaren. En ik heb het te druk om een vriendje te hebben.'

'Zo schattig dat Samantha op zoek is naar een meester? Uit pure seksuele behoefte, nietwaar?'

'Ik denk dat je het al weet,' zei hij zacht.

"Heb je erover nagedacht? Ik ben je eerste meester? Geef jezelf helemaal aan mij? Ik zal nooit halverwege gaan. Zodra je de mijne bent, zal ik met je doen wat ik wil. Ik zal je tot het uiterste drijven. Maar wanneer je wilt er een einde aan maken. het zal voorbij zijn. "

Samantha's kutje klemde zich vast.

'Dit is wat ik zoek. Ik heb altijd onderdanig willen zijn. En ik wil bij jou zijn.'

"Omdat ik?" hij vroeg.

Ze werd zenuwachtig.

'Vanwege je ervaring ermee. Ik hou ervan dat je zo voorzichtig bent. En ik hou van de manier waarop je denkt. Wie je bent. Ik hou van het hele leraar-leerling-gedoe. Ik hou van de beslissende kracht die je over mij hebt. "

'Pak je rok op.'

Samantha tilde haar rok op om haar keurig geschoren vagina en blote billen te laten zien.

Ze was zenuwachtig en haar handen trilden een beetje terwijl ze haar rok vasthield.

'Je bent persoonlijk mooier dan op foto's', zei hij.

"Heel erg bedankt."

'Buig nu voorover. Leg je handen op mijn bureau. Spreid je benen.'

Samantha gehoorzaamde.

"Wat ga je doen?"

"Ik ga je een groot plezier doen. Dit is voor je schrijfopdracht. Ik hou van waar je verhaal naartoe gaat. Maar er zijn een paar dingen die je moet leren. Als je goed wilt schrijven over een seksuele reis, dan wil ik dat je je leraar bent Doen. " Ervaring uit de eerste hand. "

Samantha's poesje tolde terwijl ze haar positie op het bureau vasthield.

Hij hield zijn ogen strak terwijl de professor zijn handtas uit zijn kantoortas reikte.

Hij had geen idee wat hij zocht, en hij wilde ook niet kijken.

Ik was te bang om te kijken.

Ze wilde de dingen gewoon laten gaan.

Zijn handen begonnen haar gladde billen en strakke dijen te wrijven.

'Wat een mooie benen,' zei hij. 'Ik ga een plug in je kont steken. Heb je die ooit gevoeld?'

Denk je dat ik het leuk zal vinden?

"Als je je ontspant en doet wat ik je vertel, zul je van veel dingen genieten."

De professor kneedde zijn kont als deeg.

Knijp stevig in en masseer.

Terwijl hij zijn billen spreidde, voelde Samantha zich erg bloot.

Ze wist dat hij diep in haar anus keek.

Toen liet hij het los.

'Het kan een beetje koud aanvoelen,' zei hij, terwijl hij een glijmiddel opende.

Samantha's lichaam kromp ineen toen de professor haar anus aanraakte met zijn besmeurde vingers, maar ze kreeg snel de controle terug en zweeg.

Zijn vingers omcirkelden haar anus voordat hij naar binnen duwde en haar rectum bedekte met het anale glijmiddel.

"Hou je van anale seks?" Ik vraag.

'Oh ja. Maar alleen als ik in een goed humeur ben. Zoals je kunt zien, ben ik daar een beetje geperst.'

'Het voelt zo. Ontspan nu, dit zal eerst een beetje ongemakkelijk aanvoelen, maar je zult er wel aan wennen. Ik beloof het.'

Nadat hij zijn vinger had weggetrokken, drukte de professor een plug tegen Samantha's anusring.

Het was tien centimeter.

Handzaam voor iedere dame.

Hij kneep lichtjes en de plug ging dankzij het glijmiddel door de ring van zijn anus.

Samantha's lichaam draaide zich om en hapte naar lucht, maar ze bleef kalm.

Hij duwde het totdat het er helemaal in zat.

De buttplug is ontworpen om tien centimeter in te passen. Daarna werd hij op een vlakke ondergrond tot stilstand gebracht zodat Samantha later zonder al te veel ongemak kon gaan zitten.

'Nu ga ik iets in je vagina inbrengen', zei hij. "Een kleine vibrator die alleen ik kan bedienen."

Samantha schudde haar kont.

"Ik ben overgeleverd aan uw genade."

"Brave meid."

De professor stak zijn hand in zijn kantoortas en haalde er een kleine vibrator van ongeveer vijf centimeter lang uit met een riem die vastgebonden kon worden.

Hij deed Samantha's dunne bruine lippen uit elkaar en onthulde haar roze spleetje.

Ze was nat, dus hij wist dat ze opgewonden was.

Toen drukte hij de vibrator tegen haar natte gaatje en kneep.

De toegang was gemakkelijk, vooral omdat Samantha's benen gespreid waren en haar seks aan stond.

Inch voor inch drong de vibrator Samantha's kut binnen.

Ze drukte haar hand op de tafel en genoot van het gevoel van de ingang, en ze genoot ook van het feit dat het de leraar was die het deed.

Nadat de kleine vibrator volledig was ingebracht, maakte de leraar de banden rond Samantha's benen en erachter vast totdat de vibrator volledig vastzat.

'Het maakt niet uit hoeveel dat kleine ding trilt, ik ga nergens heen.' zij dacht

'Ga nu maar zitten', zei de professor.

Samantha ging rechtop zitten, trok haar rok recht en leunde achterover in de stoel tegenover het bureau.

Het was een beetje lastig zoals ik had verwacht.

Het was mijn eerste keer dat ik een buttplug droeg en het was raar om te gaan zitten.

Zijn rectum was gestrekt en hij had het gevoel dat zijn kont al pijn deed.

De vibrator in haar kutje was ook een raar gevoel.

Ik heb nog nooit zoiets gevoeld.

Als er iets van deze grootte en vorm in haar kutje zat, lag Samantha meestal op haar rug of op handen en voeten en ging niet zitten.

Samen was het gevoel onwerkelijk.

Beide gaatjes waren gevuld met seksspeeltjes.

En er was een reden.

Hoe ongemakkelijk het ook was, het was ook seksueel opwindend.

'Dan bind ik je vast aan de stoel', zei hij.

Ze slikte.

"Ik kan het doen."

De professor bleef trouw aan zijn woord.

Er zaten blauwe touwtjes in zijn kantoortas die een gladde textuur leken te hebben.

Toen Samantha's linkerpols aan de bank was vastgebonden, zag ze dat ze gelijk had.

Het touw voelde zacht aan tegen haar kostbare huid.

De knoop die de leraar maakte, leek professioneel en correct.

En hij deed het met de perfecte druk.

Hetzelfde proces werd herhaald op zijn rechterpols.

Toen kwamen zijn enkels.

Ze zag hoe de leraar het proces vakkundig herhaalde met elk van haar enkels.

Ze keek hem aan en verwonderde zich over zijn capaciteiten.

Hij was beslist een volleerd meester, vooral als het om strijkers ging, dacht ze.

Geen wonder dat de professor begreep dat Samantha's bondagefoto's betekenden dat ze precies dezelfde fetisj had, dacht hij.

Tegen de tijd dat hij klaar was, was Samantha helemaal vastgebonden aan de stoel, met seksspeeltjes in haar kont en vagina.

Dit was een ander soort euforie dan het bijwonen van een fotoshoot.

Dat was het echte leven.

En hij was volledig overgeleverd aan zijn leraar, die hij diep bewonderde.

Hij leunde achterover tegen zijn bureau en keek naar zijn werk.

Samantha is vastgebonden aan de stoel.

'Ik wou dat je jezelf kon zien', zei de professor. 'Zo mooi, zo weerloos. De perfecte weergave van onderwerping.'

Ze knikte.

"Dank je."

'Verwachtte je dat? Hoe voel je je? Heb je daar spijt van? Is het vernederend? Vertel het me en wees specifiek.'

Ze verzamelde haar gedachten.

'Ik voel me levend. Alsof ik veilig bij je ben. Omdat ik weet dat je me nooit pijn zou doen. Dat is een troost. En ik vind het heerlijk om onder jouw controle te staan. Je seksuele controle. Ik geef mezelf aan jou. weet niet of ik het ooit volledig zou kunnen uitleggen. maar zo voel ik me. "

'Daar is het,' zei hij. 'Dit zijn de gedachten waar je aan moet denken om op een dag een groot schrijver te worden. Je zult een vrouw worden die op jezelf is afgestemd. Gedijen.'

"Ik wil het ook voelen."

'Ik ben je een stap voor,' zei hij, terwijl hij een klein apparaatje omhoog hield. "Deze knoppen sturen de vibrator in jou aan. Wat betekent dat ik nu je lichaam en geest bestuur. Wil je nog steeds de levensstijl ervaren waar je naar verlangd hebt?"

"Ja ..."

Zodra deze woorden aan zijn lippen ontsnapten, drukte de leraar op een knop die de vibrator activeerde.

Samantha's hele lichaam kromp ineen en haar gezicht trok een grimas.

Haar armen trokken onwillekeurig aan de touwen terwijl ze eraan trok, maar het mocht niet baten, de touwen waren te sterk.

"Dit is slechts de eerste stap", zei hij.

Het seksspeeltje bleef in haar kutje trillen.

"Oh god, dat voelt ... ik heb nog nooit zo'n vibrator gebruikt. Zo voelt het ..."

De leraar keek aandachtig toe hoe de leerling kronkelde terwijl ze op een andere knop drukte en de vibrator nog een niveau hoger zette.

Samantha keek buiten adem toen haar ogen groot werden en haar mond een O vormde.

Het leek alsof hij even buiten adem was toen de vibrator zijn magie deed.

"Dit is de essentie van onderwerping", zei de professor. 'Ik heb de volledige controle. Je bent helemaal verdwaald. En het is mijn plicht om je te laten komen. Nu hoef je je niet meer af te vragen hoe het is. Je ervaart het uit de eerste hand, nietwaar?'

Ze probeerde iets te zeggen.

"Ja ..."

"Wil je een orgasme krijgen?"

Ze knikte.

"Ja ..."

Zijn stem stopte toen de trilling overweldigend werd.

Toen drukte de professor op de schakelaar die de vibrator naar het hoogste niveau bracht.

Hierdoor trilde Samantha's hele lichaam en klemde haar handen samen.

Zijn billen drukten onwillekeurig tegen zijn billen.

Zijn ogen sloten zich en hij kreunde luid.

Toen Samantha huilde en schreeuwde, liet de leraar de vibrator zakken tot de eerste stap en Samantha kon kalmeren.

'Je bent te luid', zei de professor. 'We zouden zo betrapt kunnen worden op schreeuwen.'

"Het spijt me zo," antwoordde ze, zwaar ademend terwijl het seksspeeltje nog steeds in haar kutje zoemde. 'Het was zo intens. Ik heb nog nooit zoiets gevoeld.'

'Maar je wilt toch een orgasme krijgen?'

Ze knikte als een schattige puppy.

"Ja natuurlijk."

'Dan zal ik je op de een of andere manier moeten wurgen. Elke suggestie die ik in je mond kan stoppen om je kalm te houden?'

Het was een retorische vraag.

Ze wisten het allebei.

Samantha was slim genoeg om te begrijpen wat de professor suggereerde.

En ze hield ook van hem met heel haar hart.

"Je staart."

Hij glimlachte.

'Gewoon om je kalm te houden? Of wil je dat ik je mond train?'

'Ik wil getraind worden. Diep in mijn keel, precies zoals ik me had voorgesteld.'

"Brave meid."

De professor legde de afstandsbediening neer en begon zijn broek los te knopen.

Samantha keek met gretige ogen toe hoe de professor zich losmaakte.

Ze merkte dat hij bijna helemaal rechtop stond en dat zijn grootte behoorlijk indrukwekkend was.

Dat zette ze alleen maar meer aan.

Hij deed een stap naar voren, zijn staart bungelend voor Samantha's gezicht, de afstandsbediening weer in de hand.

"Ik ga mijn pik in je mond stoppen", zei hij. "Je gaat erop zuigen. En je gaat diep in de keel. Tegelijkertijd laat ik je klaarkomen op de vibrator. Begrijp je me?"

"Ja," knikte hij.

'Onthoud dat gevoel. Gebruik dit gevoel bij het schrijven. Misschien vind je het geweldig. Misschien haat je het. Maar je hebt het tenminste geprobeerd.'

'Ik wil het. Meer dan wat dan ook.'

Daarmee bracht de professor zijn staart naar Samantha's gezicht.

Ze deed haar mond open en accepteerde.

Het gleed tussen haar lippen en ze sloeg haar lippen om hem heen en zoog aan hem.

De professor hapte naar adem.

'Je mond is als een engel,' zei hij. "Blijf zuigen."

En Samantha deed het.

Ze zoog en schudde haar hoofd zo goed ze kon.

Hij kon alleen zijn nek heen en weer bewegen.

Ze werkte met haar lippen en haar tong.

Ze zoog goed op hem en zwaaide haar tong rond het puntje van zijn erectie.

Het was iets waarvan ze wist dat mannen er absoluut van hielden.

En ze vond het geweldig.

Ze hield er ook van om zijn pik hard in haar mond te voelen komen.

'Rustig maar,' zei hij. 'Ik ga dieper. Vecht er niet tegen.'

De professor legde een hand op Samantha's hoofd, stootte er zachtjes tegenaan en duwde zijn penis dieper.

Ze verslikte zich een beetje en toen liep hij achteruit.

Nu kende hij Samantha's mondelinge grenzen.

Het meisje had een normale misselijkheidsreflex.

Hij ging weer naar binnen, precies waar de weerspiegeling van Samantha's misselijkheid was, en daar kwam hij.

Hij wilde haar keel seksueel trainen, niet laten overgeven.

'Nu laat ik je komen,' zei hij. 'Ontspan je lichaam. Je bent nu onder mijn controle.'

De professor drukte op de knop en de vibrator keerde terug naar het hoogste niveau.

Samantha kronkelde in de stoel en werd als een slaaf behandeld.

Haar billen drukten de plug weer in haar kleine gaatje.

Zijn ogen tranen.

Zijn handen waren stevig vastgeknoopt.

Zijn vingers klemden zich vast in zijn schoenen.

Het kleine kantoor was gevuld met het geluid van de kleine maar krachtige vibrator die zijn magie in Samantha's natte poesje werkte.

Er waren ook geluiden van kokhalzen en gedempt gepiep in Samantha's mond.

Onzedelijk zuigt en zuigt geluiden.

'Blijf zuigen,' zei hij. 'Je kunt het allebei doen. Geniet ervan en krijg tegelijkertijd je orgasme.'

Samantha concentreerde zich weer op het zuigen van de lul van de professor.

Misschien worden hierdoor de extreme gevoelens in zijn onderwereld weggenomen, dacht hij.

Ze deed haar best om haar tong rond het lid te bewegen, maar het was moeilijk omdat zijn pik tot aan haar keel reikte.

Hij probeerde ook zo goed mogelijk met zijn lippen te werken.

Ze had nog nooit een man diep in haar keel gestopt, dus dit was een ongebruikelijke leerervaring voor haar.

Terwijl ze zoog, werden de sensaties in haar kutje een sterke intensiteit.

De druk groeide en groeide.

Dat gold ook voor de pijn die werd veroorzaakt door de aanhoudende trillingen, samen met de pijn in haar rectum en de pijn waar haar ledematen vastzaten.

Ze maakte een geluid dat werd gedempt door zijn staart.

"Sta je op het punt om klaar te komen?"

Zijn waterige ogen keken de professor aan.

Met hondenogen.

Ze knikte zo goed als ze kon zonder de professor zijn staart te bezeren.

De professor glimlachte.

'Kom me halen, lieverd. Ontspan je gewoon en laat het gebeuren.'

Samantha sloot haar ogen en concentreerde zich op het zuigen van zijn pik, die op haar keel zat, samen met de sterke gevoelens in haar subregio.

En ja hoor, het orgasme kwam.

Nu kon hij zijn vuisten en tenen niet meer vasthouden.

Zijn spieren ontspanden zich.

Zijn lichaam deed pijn.

Ze voelde een sterke ontlading in haar kutje.

De druk bereikte zijn hoogtepunt en het orgasme was onbegrijpelijk.

Toen hij aankwam, voelde hij zich bruisend.

Vloeistoffen spoten uit haar kut, bedekten de vibrator en maakten een puinhoop waar ze zat.

Gewoonlijk was ze bang voor de rotzooi die hij op haar schoot aan het maken was, omdat ze met dat orgasme door de gangen en over de campus moest lopen.

Maar dit was geen normaal moment, dit moment niet.

Het enige dat voor hem belangrijk was, was dat intense gevoel.

Verder was niets belangrijk.

Raak de natte rok.

Dit was het meest ongelooflijke orgasme van haar hele leven.

Ze ademde zwaar met haar ogen dicht.

Toen ontspande hij en zuchtte.

Op dat moment wist de leraar dat hij net klaar was met afspuiten.

Het had geen zin meer Samantha lastig te vallen, dus zette ze de vibrator uit.

'Het was prachtig', zei hij. 'Maar nu is het mijn beurt. Heb je nog energie?'

Ze keek op en knikte. Haar ogen huilden van het orgasme dat ze net had meegemaakt.

De professor wiegde met zijn heupen.

Voor de laatste act wilde hij haar mond en keel neuken en dat deed hij precies.

Ze bleef zuigen.

Toen zijn energie terugkeerde, werkte hij weer met zijn tong en lippen.

'Slik het door', zei hij.

Hij hield Samantha's hoofd stil met één hand en streelde boos de schacht van zijn harde en woeste pik met de andere hand, terwijl het puntje van zijn erectie in Samantha's warme mond zat.

Samantha was er trots op dat ze Teacher zo hard maakte, en het werkte.

Hij zorgde ervoor dat ze zich sexy, begeerlijk en door hem gewild voelde.

Het orgasme schoot in de mond van de student.

Stroom na stroom sperma kwam in Samantha's mond, op haar tong en in haar keel.

Samantha slikte bij elke uitbarsting van sperma.

Het was iets wat ze graag deed, vooral nu voor de man die haar net dat gedenkwaardige orgasme had gegeven.

Ze genoot van de smaak en textuur van zijn zaad.

Hij proefde het in zijn mond.

Hij verdraaide het met zijn tong.

Dat zou ze niet snel vergeten.

Ze bleef zuigen totdat alles eruit kwam.

Toen het sperma stopte, zwaaide ze haar tong rond de kop van zijn pik en likte ze de opening.

Toen zijn lul zachter werd, liet hij hem uit zijn mond vallen en kuste ondertussen zijn hoofd gedag.

Samantha keek naar haar leraar die naar haar keek.

Hun ogen ontmoetten elkaar.

Er was een subtiel begrip tussen hen.

Ze wisten wat de ander dacht.

Samantha was een onderdanig meisje dat eindelijk haar fantasie mocht beleven.

En de leraar was een man die genoot van zijn liefde voor het onderwijzen van vrouwen.

"Dat is de ervaring van onderdanig zijn," zei ze. 'Nu weet je het. Doe wat je wilt met die kennis.'

'Ik vond het geweldig. Elke seconde,' zuchtte ze en nam even de tijd om te kalmeren.

'Ik ben blij dat je erachter bent gekomen wat je zocht. Als je een braaf meisje bent, kunnen we het nog een keer doen.'

Ze schonk hem een tedere glimlach:

'Beter. Omdat ik een lange roman schrijf.'

Terwijl de leraar de polsen van de leerling losmaakte, kuste hij haar zachtjes op het voorhoofd.

Hij was een meedogende meester.

En Samantha was een erg nieuwsgierige en vasthoudend onderdanige.

Natuurlijk zouden ze het nog een keer doen, dacht hij.

EINDE

BDSM BIBLIOTHECARIS
VAN
ERIKA SANDERS

'Mevrouw, wilt u zo vriendelijk zijn mij te laten zien waar de erotische boeken zijn?' zei een mannenstem achter me.

Ik verstijfde, mijn vingers strak op het toetsenbord van mijn computer.

Ik sloot even mijn ogen en slikte.

Ik voelde de onderste spieren in mij samentrekken.

Ik voelde mijn tepels hard worden tegen het satijn van mijn beha.

Het waren niet zijn woorden, het was zijn stem.

Dat heeft hij mij aangedaan.

Ik luisterde zelfs nu naar hem toen hij zweeg, en het maakte me wakker met het verlangen naar de noodzakelijke bevrijding.

Het ging erg vlot.

Mijn wondermiddel gleed langs mijn nek als witte chocoladetruffels.

Diep net zoals toen ik ...

Ik ademde in en liet langzaam mijn adem los. Mijn vingers krulden nu terwijl ik probeerde mijn evenwicht te bewaren.

'Ik zou u graag willen helpen, meneer.'

Ik slaakte een zachte maar hoorbare snik en een onmiskenbaar gekreun.

Toen ik me omdraaide, hoorde ik mijn eigen scherpe ademhaling.

Hij zat aan de andere kant van het bureau, zijn zonnebril nog op en zijn stevige lippen trilden lichtjes.

Ik besefte dat ik wilde glimlachen.

Ik wreef met mijn ogen over de lijnen van zijn rode snor en sik. Mijn tong stak uit om mijn onderlip te likken terwijl ik de beweging probeerde te weerstaan.

'De erotische boeken, juffrouw?'

Ik sloeg mijn ogen op en stelde me de ideeën voor die bij hem zouden opkomen.

"Ja meneer, deze kant op."

Ik liep om het aanrecht heen, mijn knieën beefden een beetje.

Ik stopte om mijn evenwicht te hervinden en vervloekte mezelf omdat ik vandaag de zwarte hakken droeg.

Het zou een hel zijn om de trap af te dalen naar het benedendek.

Ik voelde de warmte van zijn lichaam achter me toen we naar het referentiegedeelte gingen.

Ik hield mijn handen stevig op mijn zij en wilde hem bereiken.

Ik wilde achter hem op de juiste plek zijn en mij door hem laten leiden.

Maar ik bewaarde mijn professionele kalmte en zocht mijn weg door de planken van encyclopedieën.

'Dames eerst,' zei hij toen we de ingang bereikten die naar beneden leidde.

Ik rolde met mijn ogen en wist dat ik haar niet kon zien.

Maar een deel van mij wenste dat hij het had gedaan.

Ik onderdrukte een gegiechel en greep de leuning om aan de langzame afdaling te beginnen.

Ik zou een stoute meid kunnen zijn als ik dat zou willen.

'Was er iets in het bijzonder dat u zocht, meneer?'

'Het gedeelte over romantiek voor volwassenen. Ik heb de naam die ik zoek op een stuk papier geschreven. Eens kijken of ik die kan vinden.'

We bereikten de grond zonder ongelukken, ook al raakte mijn hiel twee keer de rand van de smalle metalen treden.

'Nieuwe of gebruikte meneer? De rest van de nieuwe paperbacks wordt hier ook bewaard. We bewaren ze maar een paar maanden boven.'

"Nieuw, beter."

'Dan zouden we deze kant op moeten,' zei ik tegen hem, sloeg linksaf en liep een slecht verlichte gang in. Mijn hartslag nam met elke stap toe.

Zijn adem werd zwaarder toen hij me volgde.

Onze schoenen klikten in de kelder en het geluid werd gedempt door de boekenplanken die ons omringden.

Een licht zoemde en flikkerde boven ons.

Ik besloot de defecte gloeilamp te melden.

'Wat was de naam van het boek?'

'Ik kan mijn briefje niet vinden. Maar de auteur begon met E en noemde Sanders, Erika? Ik zou de titel weten als ik het zag.'

Ik wees naar een rij planken in de kamer.

'Dan kun je daar beter beginnen.'

"Nadat je gemist hebt."

Ik voelde zijn hand op mijn rug toen we de juiste sectie naderden.

Ik sloot even mijn ogen en wilde kreunen.

Het leek lang geleden dat ik haar aanraking voelde, ook al was het vanochtend pas vroeg.

Door mijn blouse heen voelde ik de hitte van zijn huid de mijne branden.

'Ik zou je kunnen helpen zoeken als je me een hint zou kunnen geven. Een woord misschien?'

'Seks. Ik denk dat het iets met seks te maken had.'

Zijn stem was een zacht gefluister in mijn oor.

Toen drukte hij zich tegen me aan en duwde me naar een klein bureau aan het einde van de gang.

Toen ik niet verder kon, verhoogde het de druk op mijn onderrug en leunde voorover.

'Maar mijn interesse in lezen neemt af. Ik zou het liever ervaren.'

Ik hapte naar adem en greep de rand van het bureau om mezelf te stabiliseren.

Mijn borsten bonsden tegen de koude hardtop.

Ik kreunde bij het gevoel van opwinding door zijn broek en rok terwijl hij langzaam met zijn rug tegen me aan wreef.

Ik slikte hard terwijl zijn hand verder naar het zuiden gleed en mijn kont streelde.

Houd de rok vast.

Ik trok mijn slipje op mijn knieën.

Toen zijn vingers mijn poesje aanraakten en het tussen mijn gezwollen lippen drukten, jammerde ik luid.

"Shhh"

Hij bleef me zo langzaam aaien dat het gek werd.

Zijn andere hand speelde met mijn haar en maakte het knotje los dat ik vanmorgen zorgvuldig had geplaatst.

Ik beet op mijn lip en legde mijn wang op het bureau.

Ik jammerde weer toen zijn hand tussen mijn benen verdween.

'Wees een braaf meisje. Beweeg niet.'

Ik hoorde hem zijn riem openen en zijn broek openen.

Ik hoorde zijn zwakke zuchten toen hij waarschijnlijk zijn pik bevrijdde van de strakheid van zijn boxershort.

Ik hoorde mijn eigen hart wild in mijn oren kloppen.

"Onthoud nu, mevrouw, we zijn in een bibliotheek. Ik heb gehoord dat er strikte regels zijn voor het maken van harde geluiden. En de straf voor het overtreden van die regels ... nou, ik weet zeker dat je weet wat de plicht is van een bibliothecaris en zo. ".

Zijn vingers streelden mijn poesje weer.

Maar er klopte iets niet.

Hij pakte ook mijn heupen met beide handen vast.

Ik kreunde van genot toen ik me realiseerde dat zijn pik me daar wreef.

Er klonk een luide knal toen het mijn blote billen raakte en me deed springen en gillen.

'Ik heb u een vraag gesteld, mevrouw.'

"Het spijt me mijnheer."

"Ben je opgewonden?"

"Ja."

Hij duwde naar voren, zijn staart drong lichtjes naar voren terwijl hij zijn heupen heen en weer wiegde.

Ik spreidde mijn benen zo ver als ik kon terwijl mijn slipje mijn knieën nog bij elkaar bracht.

Toen hij eenmaal helemaal in mij was, streek hij met een hand over mijn onderrug.

Hij sloeg mijn losse haar om zijn andere hand en trok eraan.

Ik schreeuwde en keek naar de koude grijze muur.

Hij had het zo groot in me en rekte me ver uit.

Hij hapte naar adem terwijl hij op zijn gemak in en uit liep.

Hij sloeg weer mijn kont en leunde toen achterover over het bureau.

'Dat is een braaf meisje. Lekker strak. Heel nat. Zoals je heer haar leuk vindt.'

Ik kreunde en mijn lichaam smeekte het om een hoogtepunt te bereiken.

Weer slingerde ik tegen hem aan en volgde zijn ritme.

Dat bezorgde me weer een klap.

'Beweeg je niet, jongen. Ik zal je neuken. Je krijgt later je kans. En hou je mond.'

Ik probeerde geen geluid te maken.

Ik heb heel hard geprobeerd.

Ik wist dat er andere mensen in de bibliotheek waren, maar niemand ging naar de kelder.

Maar van alle dagen dat iemand hier kan rondlopen, zou vandaag de dag kunnen zijn.

En toch zou ik ook willen dat iemand ons verdomme zou vinden, zodat ik dat beetje exhibitionisme kon omarmen dat ergens in mij verborgen is.

Maar toen hij zich terugtrok en aan mijn haar trok, kreunde ik en hapte naar adem.

Schreeuwend toen hij besloot me te slaan.

Hij neukte me een paar minuten lang.

Het voelde zo goed.

Onder deze hoek was ze echter niet in staat om een orgasme te bereiken.

En hij wist het.

Hij liet mijn rug los, greep nog steeds mijn haar en sloeg op mijn kont.

Sterk.

Zijn stem siste toen hij vroeg:

"Vind je de baby leuk?"

Gromde ik.

"Ja meneer! Ik vind het moeilijk"

"Ja wat, kleintje?"

Het raakte me weer.

De hoge geluiden en korte pijnen toen zijn hand op mijn blote huid raakte, wedijverden met mijn geschreeuw.

Vooral omdat hij zijn grote lul verder in mijn poesje duwde.

Ik kon niet nadenken.

Ik kon niet praten

"Ik wacht."

Nog een hit.

"Als ik liefheb!" Ik hapte naar adem.

"Brave meid."

Zijn vrije hand gleed onder me en streelde mijn clitoris.

Ik schreeuwde terwijl mijn lichaam beefde.

Maar het was niet lang genoeg.

Zijn hand verdween en hij trok zich plotseling helemaal terug.

'Sta op, jongen, en draai je om.'

Mijn benen werden gevoelloos toen ik gehoorzaamde.

Ik leunde even met mijn billen tegen het bureau, maar hij trok me meteen weer overeind en trok een grimas.

Ik dacht niet dat ik een paar uur kon zitten.

"Kleed je uit."

Ik opende mijn mond maar sloot hem toen ik zag dat hij zijn hoofd naar beneden kantelde en me over de rand van zijn zonnebril aankeek.

Ik knoopte mijn rok los en duwde hem naar beneden, terwijl ik mijn slipje naar beneden trok.

Ik knoopte mijn blouse los, deed hem uit en legde mijn beha op de groeiende stapel op de grond.

Hij keek me aan met een glimlach op zijn gezicht, zijn tong stak uit elke keer dat er meer van mijn huid zichtbaar werd.

Toen maakte hij zijn das los en liet hem los.

Hij draaide zijn vinger in de lucht.

Ik draaide me weer om.

Zwijgend pakte hij mijn handen, trok ze achter mijn rug en bond ze vast met zijn stropdas.

Toen kneep hij in mijn schouder en ik keek hem weer aan.

"Achterover leunen."

Ik beet op mijn lip, maar gehoorzaamde.

Mijn kont deed nog steeds veel pijn, vooral toen de rand van het bureau in mijn geblesseerde spieren groef.

En nu mijn handen ook achter mijn rug geboeid waren, kon ik ze niet gebruiken om mijn lichaam te ondersteunen.

'Spreid je benen. Braaf meisje.'

Hij legde zijn linkerhand op mijn rechterschouder om me in evenwicht te houden voordat hij mijn poesje met zijn andere hand bedekte.

Ik sloot mijn ogen toen twee van zijn vingers tussen mijn gezwollen lippen drukten en over mijn klit wreven.

Ik liet mijn hoofd achterover vallen en liep van hem weg naar de muur achter me.

Hij dwong mijn benen verder te spreiden en tilde mijn poesje op zodat zijn vingers dieper streelden.

Ik vergat de pijn helemaal.

En hoe kwetsbaar het was toen iemand ons betrapte.

Het enige wat ik kon bedenken was die klif raken en met mijn hoofd naar beneden vallen.

Ik klom, klom en klom ... kreunde van instemming.

"Oh schat. Wat heb ik je verteld over de stilte?"

Ik hapte naar adem toen hij zijn hand terugtrok en me overeind trok.

"Ga op je knieën."

Ik jammerde toen hij me op mijn knieën bracht.

Mijn handen rustten op mijn zere billen.

De randen van zijn das raakten mijn dijen.

Ik kon nog steeds de steek van zijn aanraking voelen, de warmte van mijn huid waar zijn handen hadden gezeten.

Mijn poesje trilde nu van de leegte daar.

"Open de mond."

Ik hield mijn hoofd achterover en liet mijn kaak vallen.

"Brave meid."

Hij streelde even mijn wang met de achterkant van zijn vingers.

Toen stak hij zijn duim in mijn mond, bevochtigde hem met mijn tong en wreef met zijn vinger over mijn onderlip.

'Je bent zo verdomd mooi, vrouwe. Mijn meisje.'

Daarop hief hij zijn staart op en verving zijn duim door de kop van zijn staart.

"Lik het."

Ik stak mijn tong uit en bedekte de punt met mijn speeksel.

Hij wreef zijn pik heen en weer en rond mijn lippen.

En toen kreunde ik.

'Wat moet ik nu doen met de geluiden die je maakt?'

Hij vormde een kom voor mijn kin, trok zachtjes zodat ik verder opende en duwde toen zijn pik in mijn mond totdat hij op mijn tong rustte.

'Ja, dat zou kunnen werken om je mond te houden.'

Ik knipperde met mijn ogen maar hield mijn ogen op zijn gezicht gericht.

In zijn glimlach kon ik mijn spiegelbeeld in zijn bril zien en ik kreunde weer.

Hij duwde zijn pik dieper in mijn mond en deed me stikken.

Hij trok zich langzaam terug en ging toen weer naar binnen.

Keer op keer vulde hij mijn mond en zijn stijve huid wreef over mijn natte lippen.

Hij trok zich helemaal terug en sloeg zijn pik een paar keer tegen mijn lippen.

"Haal diep adem."

Ik sloot mijn mond en slikte, proefde mijn eigen vloeistoffen en hun voorvocht op mijn tong en opende hem weer.

"Wat een braaf meisje."

Hij bleef zijn pik weer in mijn mond glijden, zijn handen aan weerszijden van mijn hoofd.

Daarna bewoog hij zijn heupen heen en weer en neukte mijn mond alsof hij mijn poesje had.

Hij ging een paar lange minuten door, greep nu mijn haar met één hand en hield mijn hoofd achterover.

Van tijd tot tijd zei hij dat ik gewoon aan de kroon moest zuigen of likken.

En hij stopte soms, zijn pik zo diep begraven dat ik hem in mijn keel kon voelen en ik zijn ballen op mijn kin kon voelen, de pittige geur van zijn mannelijkheid drong door mijn neus.

Hij bukte zich en kneep in mijn tepel of streelde meerdere keren over mijn borst, maar het duurde nooit te lang en bleef mijn mond vullen met zijn pik met de diepte en snelheid die ik wilde.

Ik klaagde en jammerde, maar de geluiden die ik nu maakte, waren gedempt.

En al die tijd fluisterde hij bemoedigende woorden.

"Dat is de brave meid van je meester. God, het voelt zo goed als je mond om mijn pik zit. Ja schat. Dus. Mmmm. Ga zo door."

Met al deze bewegingen gleed mijn bril over mijn neus.

"Kijk me aan, kleintje. Oh schatje, je bent zo verdomd heet. Mijn pik in je mond, je ogen op mij gericht. Je bent zo hulpeloos, overgeleverd aan mijn genade. En die bril. Oh shit!"

Hij neukte me nog een paar keer en toen voelde ik zijn hete sperma mijn keel raakte.

Hij hield mijn hoofd stil, zijn pik drukte tegen mijn tong en mijn verhemelte.

Toen hij klaar was, zei hij:

'Lik het. Maak het schoon, schat.'

Ik heb mijn best gedaan zonder mijn handen te gebruiken.

"Dit is mijn brave meid."

Hij streelde mijn haar tot hij tevreden was.

Hij hielp me overeind en zette me op het bureau.

Voordat ik kon reageren, stak hij een hand in mijn poesje en bedekte mijn mond met de zijne, waardoor mijn kreet van verbazing het zwijgen werd opgelegd.

Zijn andere hand bedekte een van mijn borsten en streelde tenslotte mijn pijnlijke tepel onder zijn handpalm.

'Kom je meester halen, schat,' fluisterde hij terwijl hij me liet ademen.

Toen kuste hij me weer en drukte zijn tong tegen de mijne terwijl zijn vingers met mijn clit speelden.

Deze keer beklom ik deze klif en viel uiteindelijk, mijn lichaam trilde eronder.

Hij slikte mijn geschreeuw, zijn lichaam bedekte het mijne en drukte me tegen het bureau en de muur totdat ik nog steeds onder hem was.

Ik knipperde met mijn ogen terwijl hij een stap achteruit deed, zijn staart naar beneden deed en zijn kleren glad streek.

Hij hielp me weer omhoog en maakte mijn polsen losser.

'Kleed je aan, jongen. Maak je haar goed.'

Verbaasd raapte ik mijn kleren van de vloer.

Ik bond mijn haar snel in een knot en zette mijn bril recht.

Toen ik weer werd verzorgd, legde ze een kom om mijn wang en glimlachte naar me.

"Nu naar het boek dat ik zocht ..."

Ik schraapte mijn keel en trok per ongeluk een boek van de plank.

'Ik denk dat u dat wilde, meneer. Het was er altijd al.'

'Wat een reden bent u, mevrouw. Ik ben zo blij dat er een bekwame bibliothecaris is als ze nodig is.'

"Wanneer u maar wilt, meneer," lachte ik naar hem en stapte van de planken af. "Wanneer je maar wilt, ik zou je moeten dienen in alles wat je nodig hebt."

EINDE

www.ingramcontent.com/pod-product-compliance
Lightning Source LLC
Chambersburg PA
CBHW061348160726
47995CB00001B/217